大江戸豪剣侍

◆

鳴海　丈

コスミック・時代文庫

この作品は、二〇一二年一一月に刊行された「大江戸巨魂侍」（廣済堂文庫）を改題し、大幅に加筆・修正したものです。また、改訂に際し、書下ろし一篇を加えました。

目次

第一話　豪剣侍、登場す

第一章　夜鷹《よたか》の恩返し

一

「きゃあっ」

胸を突かれて臀餅《しりもち》をついた女は、裾前《すそまえ》が乱れた。

境内《けいだい》の石灯籠《いしどうろう》の明かりに、年増盛《としまざか》りのぬめるように白い内腿《うちもも》までが照らし出された。内腿の奥の黒々とした草叢《くさむら》までが、ちらっと見えてしまう。

「何をするんだいっ」

女は、あわてて裾前を直しながら、三人の男たちを睨《にら》みつけた。着物は黒木綿《くろもめん》で、帯を前結びにしている。そばに、丸めた茣蓙《ござ》が落ちていた。

「柳原土堤《やなぎわらどて》の夜鷹の束主《たばね》をしている、お遼姐《りようねえ》さんだ。淡月《たんげつ》お遼といえば、神田《かんだ》浅《あさ》草界隈《くさかいわい》では、ちっとは知られた名前だよ。舐めた真似《まね》したら、承知しないからねっ」

年齢は二十七。面長《おもなが》で、細い目と薄い唇に、何とも言えない玄人《くろうと》らしい色気がある。島田髷《まげ》から額《ひたい》の右側に、乱れ髪が一筋落ちていた。

夜鷹とは街娼《がいしょう》のことで、現代でいうところの〈立ちんぼ〉に近い。

神田川の西岸にある柳森稲荷《やなぎもりいなり》──その境内であった。

徳川《とくがわ》十一代将軍家斉《いえなり》の治世。陰暦三月三日──どこからか桜の花びらが運ばれてきそうな、穏やかな夜である。

亥《い》の中刻《ちゅうこく》──午後十一時過ぎだから、掛け茶屋なども無人になっていて、そこにいるのは、お遼と三人の男たちだけであった。

「ふん、威勢の良い女だぜ」

右頬《みぎほお》に刃物の傷痕《きずあと》がある男が、唇を歪《ゆが》める。

「辰《たつ》兄貴、どうします」

卑《いや》しい目つきをした小男が、にやにや嗤《わら》いながら訊《き》いた。

その隣の大男が、太い指の関節を鳴らしながら、

「泣く子も黙る閻魔《えんま》一家に逆らって場所代《ショバ》も払わねえとは、太《ふ》てぇ阿魔《あま》だ。手足の二、三本もへし折って、歩けねえようにしてやりますか」

「仙吉《せんきち》、お相撲政《すもうまさ》。それより、もっと面白い手があるぜ」

辰兄貴と呼ばれた頬傷男が、にやりと嗤って、

「三人がかりで、この女の味見をしてやる。商売物の股座《またぐら》が擦《す》り切れて腰が抜けるまで、俺たちで、たっぷりと可愛がってやろうじゃねえか」

「そいつはいいや、さすが兄貴だっ」

小男の仙吉が、嬉しそうに言った。

「おい、政。女を押さえつけろ」

「へいっ、兄貴」

お相撲政という渡世名《ふたつな》からして力士くずれらしい大男は、お遼の背後にまわりこんだ。団扇《うちわ》のように大きな手で、お遼の両腕を摑《つか》むと、その背中を地面に押しつける。

「は、放せ、放しやがれっ」

お遼は藻掻《もが》いたが、何しろ体重が二倍以上違う相手だから、どうにもならない。かえって、足をばたつかせたために、太腿まで完全に露出してしまった。

「さ、兄貴。どうぞ、ご存分に」

お遼の両足を押さえつけて、仙吉が言う。

豊かな恥毛に飾られた臙脂色《えんじいろ》の花園が露《あら》わになった。

「よし、よし」

辰は、着物の前を開いて、下帯《したおび》を緩《ゆる》めた。下帯の脇から摑み出した肉根を、擦《こす》り立てる。

「ふ、ふ、ふ。俺様のもので、ひィひィ泣かせてやるぜ」

広げられた女の下肢《かし》の間に膝を突くと、辰は、細長く屹立《きつりつ》した肉根をお遼の花園に密着させようとした。

「やだ…やめてぇぇっ」

お遼が絶望的な悲鳴を上げた、その時、

「――ちと、ものを尋《たず》ねるが」

のんびりした口調で、男たちに声をかけた者がいた。

「だ、誰でぇっ!?」

自分たち以外は無人だと思っていた境内に人がいたと知って、辰は、驚いて顔を上げた。鳥居の方から近づいて来たのは、不思議な人物であった。

長身で、年齢は三十代半ばであろう。

月代《さかやき》を綺麗に剃《そ》り上げて、男らしい太い眉に大きな目、そして鼻梁《びりょう》の高い肉厚の鼻。口もまた大きく、両端が引き締まっている。

漢《おとこ》らしい何とも立派な顔立ちであった。その上に、品がある。

太い首の筋肉が、発達した肩になだらかに繋がっているので、撫《な》で肩に見えた。

鍛え抜かれた、逞《たくま》しい軀《からだ》つきである。

胸板の厚みは、まるで肌の下に瓦でも埋めこんでいるかのようであった。上腕部は、並の女の太腿くらいある。

ところが、その見事な肉体を包んでいるものは、白い下帯一本だけなのである。

しかも、その下帯に包まれた股間が、徳利《とっくり》でも仕込んでいるのではなかいと疑われるほど、大きく盛り上がっていた。

その人物は、下帯に脇差を差して、左手に大刀を持っていた。そして、素足に草履《ぞうり》を履いている。

人品骨柄《じんぴんこつがら》卑しからざる武士であるのに、それとは正反対の何とも奇妙な格好であった。

「その方《ほう》とその女人《にょにん》は、夫婦なのか」

半裸の武士は、真顔で尋ねた。

「何を、訳のわからねえことを言ってやがんだっ」

辰は、濁声《だみごえ》で吠えた。

「どさ帰りの辰という渡世名を持つ俺様が、なんで夜鷹なんぞを女房にするもんかっ」

どさ帰りとは〈佐渡《さど》帰り〉という意味で、生き地獄といわれた佐渡島の金鉱山で人足をしていて生還した者――という意味である。

「ほほう……夫婦ではないのか」

半裸の武士は、眉をひそめた。

「すると、夫でもない者が妻でもない女人を、清浄であるべき社《やしろ》の境内で無理矢理に姦淫しようとしているのか。どうだ？」

「うるせえっ」と辰。

「この阿魔を手籠《てごめ》にするなら、どうだって言うんでえ。文句でもあるのか。邪魔しようってのかい、このド三一《サンピン》っ」

手籠とは、この場合は、女を犯すことをいう。

そして、三一とは、侍の最も低い俸禄《ほうろく》である三両一人扶持《さんりょういちにんぶち》の略だ。その上にドをつけると、武士階級に対する最大の罵倒語となる。

「左様《さよう》か。将軍家のお膝元たる御府内で、そのような無法が行われようとしているのでは、わしも看過《かんか》するわけにはいかんな」

半裸の武士は、重々しく頷いた。大刀を静かに地面に置くと、

「三人とも、この豪木《ごうき》魂之介《たまのすけ》が直々《じきじき》に成敗してつかわす。どこからでも良いから、遠慮なく、かかって来るがよい」

「寝惚《ねぼ》けんじゃねえっ」

豪木魂之介と名乗った武士の背中へ、匕首《あいくち》を構えて喚《わめ》きながら突っこんで来たのは、小男の仙吉である。こいつは、魂之介と辰が問答している隙《すき》に、そろりそろりと彼の背後にまわっていたのだった。

だが、魂之介は振り向きもせずに、ほんの一寸――三センチほど差で匕首の切っ先をかわした。かわしながら、仙吉の右手首を、むんずと掴む。

「う……く、くそっ、放せ、放しやがれっ」

どんなに抵抗しても、象に踏みつけられたかのように、仙吉は右手を動かすこともできない。とてつもない魂之介の握力であった。

「うるさい奴だなあ」

魂之介は、匕首を握っている仙吉の右手を、自分の大きな右手で包みこむようにした。

みしっ、ぴきっ、ぽきっ……と異様な音がする。

「――っ!!」

仙吉が悲鳴を上げて、匕首を落とした。

さして力を入れたとも思えぬのに、魂之介が握り締めたので、仙吉の指の骨が線香みたいに簡単に折れたのであった。

「痛《い》てぇ、痛てぇよう……俺の指、折れちまったァ」

ありえない方向に曲がった指をぶらぶらさせて、仙吉は地面を這《は》いまわる。

「野郎、仙吉の仇敵《かたき》だっ」

お相撲政が羆《ひぐま》のように両腕を広げて、半裸の魂之介に摑みかかった。

が、摑まれるよりも先に、魂之介は自分から前へ踏み出した。右の拳《こぶし》を、政の鳩尾《みぞおち》に叩きこむ。

「ぐ、ほっ」

急所の水月《すいげつ》を打たれた政は、一瞬、動きを停止した。すかさず、魂之介はその太い右腕をとると、大男に背中を向けて肩越しに投げ飛ばした。

お相撲政の巨体は二間《けん》ほどの距離を跳んで、参道脇の茂みの中へ頭から突っこむ。そして、仰向《あおむ》けに倒れて、そのまま動かなくなった。

「──さて」

魂之介は、じろりと辰の方を見た。

「残ったのは、お前一人のようだが、どうする」

「ど、どうする──とは、何のこった？」

恐怖で脇腹を痙攣《けいれん》させながらも、辰は、訊き返す。大男のお相撲政を空樽《あきだる》か何かのように簡単に投げ飛ばした相手の腕前に心底、驚嘆しているのだ。

「わしに手向かいして痛い目に遭《あ》うか、それとも、その女人に詫びて仲間ともども立ち去るか、いずれかを選ぶが良い」

「勘弁しておくんなさいっ」

いきなり、辰は魂之介の前に土下座をした。額を地面にこすりつけながら、哀れっぽい声で、

「あっしが悪うござんした。この通り、お詫びしますんで、何とぞ命ばかりはお助けをっ」

「これこれ。わしに詫びるのではない。向こうの女人に…」

そう言いながら、魂之介が近づいた時、

「危ないっ」

お遼が甲高《かんだか》い声で叫んだのと、匕首を構えた辰が蛙《かえる》みたいに飛び上がったのが、ほぼ同時であった。この悪党は、土下座したと見せかけて、密かに懐《ふところ》の匕首を抜き放っていたのである。

「うっ？」

辰は愕然《がくぜん》とした。

今まで、この手の不意打ちで何人もの相手を殺すか重傷を負わせてきた辰である。

だが、今、匕首を構えた右手の手首は、魂之介の左手で摑まれていた。そして、左の手首も、魂之介の右手で摑まれている。

ただ摑んだだけでなく捻《ひね》っているので、辰の方は両腕を棒のように伸ばしたまま、身動きもできない。

「おのれの心根《こころね》は、腐りきっているようだな」

辰を見据えて、魂之介は静かに言った。

「く、う……」

相手の澄んだ瞳の奥に何か青白い炎のような揺らめきを見て、辰は絶句した。人喰い虎の眼を覗きこんだような気がして、背筋を冷たいものが這い上がる。

「少しは人並の苦労をしてみるが良い」

そう言った魂之介は、昏の両腕をさらに捩《ねじ》った。

「おあっ」

絶叫した辰は、棒のように横倒しになった。そのまま、壊れた玩具のように、右肩を中心にぐるぐると軀で円を描くようにする。

両腕は動かず、両足が出鱈目《でたらめ》に地面を蹴っているだけであった。それもそのはず、両腕の付根の関節は、ぽっきりと折られてしまったのである。

火に炙《あぶ》られた芋虫のように藻掻く仙吉と辰には目もくれずに、大刀を拾い上げた豪木魂之介は、お遼の前へ行った。

「どうだ、大事ないか」

魂之介は、軽々と彼女を助け起こす。

「あ、ありがとうございます」

どぎまぎしながら、お遼は頭を下げた。

「わたくしのような者をお助けいただき、お礼の言葉もございません」

頭を下げると、厭《いや》でも白い下帯に包まれた股間が目に入る。その盛り上がった股間を見て、お遼の目の縁《ふち》は赤く染まった。

「あの……お武家様。失礼でございますが、お召《め》し物は？」

「ん？　ああ、小袖《こそで》と帯はなあ──」

魂之介が何事か説明しようとした、その時、

「お武家様ァァ……‥…」

息を切らして境内へ、よたよたと駆けこんで来たのは、半白髪の老爺《ろうや》である。

その老爺が両腕でかかえているのは、黒い着物と肌襦袢《はだじゅばん》、それに帯であった。

「はあ……ようやく見つけた」

老爺は、その場にへたりこんで、

「お武家様。蕎麦《そば》一杯食べただけで、金がないからって、こんな立派なお召し物を置いていかれたんじゃあ、あたしの方が困っちまいますよっ」

二

「ほほう……これが、一文銭《いちもんせん》か」

豪木魂之介は、掌《てのひら》に載せた寛永通宝《かんえいつうほう》を興味深げに眺める。

「──ということは、夜鳴き蕎麦一杯は十六文だというから、これを十六枚渡せ

ば良かったのか。なるほどなあ、何事も聞いてみないとわからぬものだ」

そこは、神田佐柄《さえ》木町《きちよう》にあるお遼の家であった。三間《ま》の小さな借家である。

その六畳間に正座した魂之介は、今は半裸ではなく、黒羽《くろは》二重《ぶたえ》に博多《はかた》織《おり》の帯を締めていた。脇差を帯に差して、大刀は右腕に置いていた。

その姿には風格があり、ただの武士ではないことは一目瞭然《いちもくりようぜん》である。

狭い庭に面した座敷だが、今は雨戸が閉めてあるので、庭は見えない。

――夜鳴き蕎麦の代金十六文を持ち合わせていなかったので、豪木魂之介は、身ぐるみ脱いで屋台の親爺に押しつけてきたのである。

そして、下帯一本の姿で神田川の西岸を歩いていると、柳森稲荷から女の悲鳴が聞こえたので、魂之介は境内へ入って来たというわけだ。

魂之介を追いかけて来た屋台の老爺に、お遼は十六文の代金とは別に、紙にくるんだ一分《ぶ》を渡した。

一分は一両の四分の一、一両は六千文になる。一両あれば、長屋住まい四人家族が一ヶ月、生活できた。

「親爺さん。夜鷹風情《ふぜい》が、こんな生意気なことをして、気を悪くしないでね。でも、あたしは、このお侍様に助けていただいたの。そのお侍様のお召し物を律義《りちぎ》に持って来てくれたお前さんに、あたしから、お礼をしたいんだよ。だから、気持ち良く受け取っておくれ」

「そうかい。ありがとうよ、姐《ねえ》さん。せっかくだから、いただいておくよ」

――こうして、屋台の老爺と別れたお遼は、魂之介を自分が住んでいる家に連れて来たのだった。

「お殿様は、お金をご覧になるのが初めてでございますか」

酒と肴《さかな》を乗せた膳を、そっと魂之介の前に置いて、お遼が遠慮がちに尋ねた。

魂之介には、自然と「お殿様」と呼ばざるをえない雰囲気がある。

「うむ、初めて見た。そもそも、一人で市中を歩くのは、生まれて此《こ》の方《かた》、今夜が初めてでなあ」

「御屋敷の方《かた》は、どなたもお供をなさっていないのですか」

身分のある武士が外出する時には、常識的には若党や中間《ちゆうげん》、小者などの家来がついてくるはずなのだ。そして、代金を支払う場合には、主人に代わって家来が払う。

この豪木魂之介は、その家来たちとはぐれたのではないか――とお遼は思ったのだ。

「屋敷……屋敷か」

感慨深げに、魂之介は言った。

「もう、わしの屋敷はなくなったよ。家来もいない」

「はあ……」お遼は首を傾《かし》げて、

「では、これから、どちらへ行かれるので？」

「日《ひ》の本《もと》六十余州《よしゅう》に、行くあてはない。わしという男は、本日より天下御免の素浪人だ」

にっこりと笑う、豪木魂之介である。

一文無しの素浪人だというのに、この男が笑顔になると、何ともいえない明るい波のようなものが周囲に広がるのであった。

「何か事情があるのでございましょう。よろしければ、御身分を捨てられた理由をお話しくださいまし」

「何ということはない」

魂之介は盃《さかずき》を手にした。お遼は、あわてて酌《しゃく》をする。

ぐびり、と魂之介は盃を乾《ほ》した。

「上役《うわやく》が気に入らぬ男だったのでな。ぶん殴った」

「ぶん殴った？」

「うむ。それから、えいやっとばかりに投げ飛ばした」

「あら、まあ……」

あまりにも突拍子もない話に、二の句が継げないお遼であった。

するとと、烏賊《いか》の塩辛を口に運んだ魂之介が、

「ほう、これは美味《びみ》だな」

「安物の塩辛でございますが」

「蕎麦の代金は立て替えてもらう、酒も肴も馳走《ちそう》になる。お遼、わしは、お前には世話になるばかりだ」

「そんな……お殿様」

「そういえば、あの辰という奴が卑怯《ひきよう》な手でわしを刺そうとした時にも、お前は危ないと教えてくれたな。礼を言うぞ」

「何を仰《おつしや》いますか」

あわてて、お遼は言った。

「あたしが、あの三人に手籠になるところをお救い下さったのは、お殿様ではございませんか。お礼を申し上げるのは、あたしの方なんです、本当に」

「そうか。では、返杯だ」

魂之介は、自分の盃をお遼に渡して、酌をしてやる。お遼は、その盃を恭《うやうや》しく両手で捧げ持つようにして、きゅっと一息に呷《あお》った。

「ところで、お遼」

返された盃で酒を飲みながら、魂之介は尋ねる。

「あの三人は、どういう素性《すじよう》の者たちなのだ」

「あれは、下谷《したや》から浅草にかけての一帯を縄張りにしている閻魔一家の奴らです」

「閻魔一家？」

「加納屋《かのうや》という口入《くちい》れ屋が表看板ですが、その実は、閻魔の常蔵《つねぞう》というやくざなんです。親分の常蔵は、背中に閻魔大王の彫物《ほりもの》があるという奴で。あの辰次、お相撲政、仙吉の三人は、常蔵の乾分《こぶん》。あたしに場所代《シヨバ》を払えと因縁《いんねん》をつけてきたんです」

「やくざというのは、つまり、御法度《ごはつと》の裏をゆく無法無頼《ぶらい》の者どものことだな。場所代とは何か」

「あたしは、柳原土堤で商売をしている夜鷹の束主……頭分《かしらぶん》のようなことをしておりますが、その売り上げの三割を寄こせっていう無体《むたい》な要求なんです」

「夜鷹と申すのは？」

からかっているのではないことは、魂之介の真面目な顔を見ればわかる。お遼は顔を伏せて、

「通りすがりの男に……軀を売っております」

「つまり、吉原《よしわら》遊郭の遊女のようなものか」

「い、いいえ。そんな立派なものじゃございません」

思わず、お遼は苦笑した。

「あたしたち夜鷹と吉原の華魁衆《おいらんしゅう》では、提灯《ちょうちん》と釣鐘《つりがね》、雀《すずめ》と鳳凰《ほうおう》くらい格が違います」

「ふうむ。御府内では、吉原の他には、品川《しながわ》など四宿《ししゅく》でのみ遊女を置くことが許されている――と聞いたことがあるが」

「はい……………ですから、辰次たちと同じように、夜鷹も御法度の裏に生きる稼業でございます」

しんみりとした口調で、お遼は言った。

魂之介が指摘した通り、徳川幕府が正式に許している遊郭は、江戸府内では吉

原遊郭だけである。

吉原にいる遊女の総数は三千。廓主《くるわぬし》や若い者などあらゆる関係者を入れた廓内の総人口は、一万人にもなるという。

それ以外に、品川・内藤新宿《ないとうしんじゅく》・千住《せんじゅ》・板橋《いたばし》の四箇所の宿場には、宿場女郎《じょろう》という名の娼婦を置くことが許されていた。

特に品川宿の遊女屋には千人とも千五百人ともいわれるくらい多くの遊女がいて、吉原遊郭に対抗するほど人気のある遊里となった。

しかし、江戸では吉原と四宿以外の場所にも、多くの私娼――つまり、非公認の遊女を抱える店があった。

それらの私娼窟《くつ》を、岡場所《おかばしょ》と呼ぶ。岡場所では、深川《ふかがわ》・根津《ねづ》・湯島《ゆしま》・市ヶ谷《いちがや》などが有名であった。

さらに、提重《さげじゅう》や舟饅頭《ふなまんじゅう》など様々な売春の形態があったが、その中でも最下層といわれるのが、夜鷹である。関西では惣嫁《そうか》、辻君《つじぎみ》などと呼ばれていた。

夜鷹は丸めた茣蓙をかかえて路上で客を引き、商談がまとまると、その茣蓙を褥《しとね》代わりにして野天で抱かれる。

一回の料金が二十四文。前にも述べた通り、立ち喰いの屋台の蕎麦が十六文だから、売春の代金としてはかなり安い。

ただし、夜鷹のもてなしが良かったりしたら、五十文、百文と祝儀《しゅうぎ》を渡すのが、江戸っ子の礼儀とされていた。実際、人気のある夜鷹には常連客がついたという。

その祝儀を入れても一晩に稼げる金はたかが知れているから、そこから三割も閻魔一家に搾取《さくしゅ》されたら、夜鷹は暮らしが成り立たなくなる。

ここは、蒔絵師《まきえし》で六年前に病死した亭主が健在だった頃に借りた家である。だから、家主の温情で、お遼が一人になっても住んでいられるのだ。

普通の夜鷹は、裏長屋の家賃を払うのも難しい。そもそも夜鷹だとわかると、ほとんどの場合、貸してもらえないのだ。

「――いや、違うな」

あっさりと、魂之介は断言した。

「閻魔一家という連中は、他人に吸いついて金を巻き上げる蛭《ひる》か壁蝨《だに》のようなものだろう。お前たち夜鷹は、苦労して自分の軀で稼いでいる。日陰の身ではあっても、一緒にはならぬ」

「お…お殿様……」

お遼の顔が、喜びと感動で輝いた。夜鷹の立場を擁護してくれる上級武士など、滅多にいるものではない。

「日の本一の賑わいを誇る御府内といえども、まともな女の働き口は少ないと聞いたことがある。操を売っているのは、それより他に暮らしを立てる術《すべ》がないからだろう。まして、今の御政道では……」

嘆息する、魂之介だ。

「お殿様っ」

その魂之介の膝の上に、お遼は身を伏せて、

「抱いて、抱いてくださいましっ」

三

男の股間を見たお遼は、

「まあ……なんて、ご立派な」

思わず、そう呟《つぶや》いた。

せっかく着た小袖や肌襦袢を彼女に脱がされた豪木魂之介は、畳の上に仰向けになっている。真紅の肌襦袢一枚になったお遼は、その魂之介の下帯を、丁重《ていちょう》に

外したのであった。

彼の肉根は柔らかい休止状態だが、それでも、普通の男の勃起時と同じくらいの質量がある。

まるで、満腹して午睡《ごすい》をとっている大蛇のようであった。

下帯の盛り上がりは、虚仮《こけ》脅《おど》かしではなかったのだ。

「お殿様。このお道具を舐めさせていただいても、よろしゅうございますか」

「うむ、好きにするがよい」

鷹揚《おうよう》に、魂之介は言った。

どうやら、女性体験のない童貞ではなく、女から口唇奉仕を受けることにも慣れているようであった。

「では、あの……ご奉仕させていただきます……」

百戦錬磨のはずのお遼が、小娘みたいに恥じらいながら、両手で黒ずんだ肉根を摑んだ。

ちろちろと舌先で、肉根の先端部を舐める。最初は遠慮がちであったが、その行為は次第に大胆になった。

肉柱の上から下まで、そして玉袋までも、まるで色餓鬼《いろがき》のように卑猥な音を立てて、舐めしゃぶった。さすがに淫戯の玄人《くろうと》だけあって、その技術は巧みである。

その甲斐あって、魂之介の道具は隆々《りゅうりゅう》と聳《そび》え立った。

巨大である。

長さも太さも、常人の倍以上はあった。太すぎて、お遼の指ではまわり切れないほどであった。

玉冠部《ぎょくかんぶ》は、柿の実のように丸々と膨れ上がっている。

しかも、玉冠部の縁とその下のくびれとの落差が、著《いちじる》しい。陸に上がった怪魚が鰓《えら》を開いたかのような形状であった。

いわゆる、雁高《かりだか》である。

長大な男根がお遼の唾液で濡れて、茄子色《なすいろ》に光っていた。

紫《むらさき》雁高——最上の男器の条件が揃っていた。

茎部には太い血管が浮かび上がり、どくっ、どくっ……と全体が力強く脈打っている。

「こんなに凄いのは初めて……本物の巨根……石みたいに硬くて、弾力があって……」

うっとりとした顔で、お遼は、男根の茎部に頬ずりをする。しきりに太腿を擦り合わせているのは、男根に奉仕をしているだけで、すでに秘部が濡れてきたのだろう。

「そういえば、お殿様のお名前にも、豪と魂の字が……豪魂で剛根……剣はお侍の魂といいますから、天下御免の豪剣侍でございますね」

「面白い、大江戸無宿の豪剣侍か」

夜鷹の冗談に怒りもせずに、豪木魂之介は、莞爾《かんじ》として笑った。

「さて、お遼。わしの上になるが良いぞ」

「は、はい……」

肌襦袢に結んでいた細帯を解くと、お遼は、漢の腰の上に跨《また》がった。下裳《したも》は、すでに、外している。

屹立する巨根を逆手《さかて》に持つと、お遼は、濡れそぼった亀裂に玉冠部をあてがった。爪先立ちの姿勢で、腰を沈める。

「ぬうぅ……っ」

あまりの体積に、お遼は呻《うめ》いた。肌襦袢の前を開いた状態だから、重そうな乳房が揺れる様子が見える。

この時代――男は武士も庶民も、十五歳前後で元服をした。

元服とは、今でいうところの成人式である。女の場合は、もう一、二歳、早かった。

何しろ、十二歳までが〈少女〉、十三歳から十八歳までが〈娘〉で、十九歳以上は〈女〉である。二十二、三で、気の毒にも〈年増〉と呼ばれてしまう。

女性の結婚は十代半ばが普通で、二十歳を過ぎると「遅い」とまで言われていた。

娘時代は島田髷でも、結婚すると丸髷に結《ゆ》うのが普通である。

だが、二十歳を過ぎて未婚の女性の中には、世間体《てい》をはばかって、亭主もいないのに丸髷を結う者までいた。

何しろ、平均寿命が五十歳、一説によれば三十五歳といわれるほど短命の時代である。そして、武士も町人も〈家の存続〉が第一義であった。

だから、女性はなるべく早く結婚して、なるべく早く子供を産むことを求められたのである。

男も、四十過ぎで隠居することもあり、五十歳で〈中老人《ちゆう》〉と呼ばれてしまう。

だから、現代人がこの時代の人々の考え方や感情を理解するためには、実年齢に五歳から十歳ほど上乗せする必要があるだろう……。

島田髷だが二十七歳のお遼は、この時代の感覚では〈大年増〉であった。現代の年齢でいえば、三十代半ばになろうか。

この六年間で数多くの男性を女壺に受け入れて来た熟練者のお遼だが、魂之介のように逞しい逸物《いちもつ》は初めてであった。

「あたしのあそこが、いっぱい……いっぱいになってる……」

喘《あえ》ぎながら、お遼は言った。

「無理はするな、少し休むがよい。大事なところを傷つけては、困るだろう」

しごく落ち着いた声で、魂之介は言う。年増盛りの肉襞《にくひだ》が己《おの》れの巨砲を、きちきちときつく甘美に締めつけているのに、まるで春風駘蕩《しゅんぷうたいとう》という態度であった。

「お殿様……」

男の分厚い胸に両手をついて、お遼は言った。

「武芸だけではなく、女色《にょしょく》の道も達人でらっしゃいますね」

「そんなことはない。元服が済んだ頃から、深夜になると、屋敷の女中たちが代わる代わる寝間へ来てわしの上に跨ってゆくのを、黙って眺めていただけだ。吉原遊郭へ行ったこともないし、妻も娶《めと》ってはいない」

「でも……普通の殿方なら、女壺に入れた途端に悍馬《かんば》のように腰を動かして、吐精するものですが……」

「そうか」

魂之介は少し首を捻って、

「わしは、女の様子に合わせているだけだ。相手の呼吸を読んで、焦《あせ》らず騒がず、好機を迎えれば一気に勝負を決める。剣術の勝負と同じだな」

「でも、早く腰を動かして精を放ちたい——とは思われませんか」

「そういう焦りを我慢するのが、修練だ。休みたい、水を飲みたい、食事をしたい、眠りたい……あらゆる欲望を意志の力でねじ伏せて心身を平静に保つところから、本当の剣の修業は始まる。もしも、お前が動いて欲しいと望むのであれば——」

魂之介は、緩やかに腰を使い始めた。

「このようにも出来るが」

「あっ…あっ……あァ………っ」

真下から巨根に突き上げられて、お遼は短い悲鳴を上げた。苦痛からのものではない。絶妙な摩擦によって、官能の炎が燃え上がったのである。

「凄い……もっと、もっと責めて……力強く犯してくださいまし」

「こうかな」

魂之介は、お遼の両腕を掴むと、ぐいっ、ぐいっと腰を突き上げた。無論、単純な上下運動だけではなく、緩急自在の抽送《ちゅうそう》にひねりなども含んでいる。

お遼の花孔の奥から透明な秘蜜が溢れて、ぴちゃっ、ぬちゃり、ぴちゃりっ……と結合部で淫《みだ》らな音を立てた。

「お遼、お前の異名は淡月であったな」

穏やかな口調で、魂之介は訊いた。

「は、はい………」

喘ぎながら、お遼は、ようやく答える。

胸の間の深い谷間には、汗が流れ落ちる。茱萸色《ぐみいろ》の乳頭は、硬く尖っていた。

「淡月とは、朧月《おぼろづき》こと。その異名の通り、なかなか風情のある味わいだ」

「お殿様……あっ、ああァんっ、そこっ」

半狂乱で悦《よ》がるお遼を、たっぷりと責めてから、魂之介は射出した。無論、お遼が絶頂に駆け上ったのに合わせてである。

「────オォオっ」

噴火のように勢いよく放出された灼熱の聖液を女壺の奥に浴びて、お遼は失神した。

がっくりと、魂之介の胸に倒れこむ。女壺が不規則に痙攣していた。

魂之介は、意識を失った夜鷹を抱きしめてやりながら、その肉襞の収縮を存分に味わう。

気の合う女人との愛姦は愉《たの》しい——ぐったりと動かなくなったお遼の軀の重ささえ、可愛いと思う魂之介であった。

だが、

「………」

急に表情を引き締めると、魂之介は、左手を伸ばして畳の上に置いていた脇差を摑む。

ややあって、ひたひたと人間の足音が近づいてきた。そして、

「——姐さん、お遼姐さん。起きてくだせえ、大事な話があるんだっ」

雨戸の向こうから、男が、押し殺した声で呼びかけてくる。

第二章　はだか弁天《べんてん》

一

「姐《ねえ》さん、寝てるのかな。困ったなあ、急用なのに」

外の男が、舌打ちをした。

豪木魂之介が軀《からだ》を一揺すりすると、お遼が目を覚ます。

「あら……その声は、忠吉《ちゆうきち》さんかい」

「そうですよ、高麗鼠《こまねずみ》の忠吉のご注進だ。とっとと雨戸を開けておくんなさいよ」

焦《じ》れったそうに、忠告という男は言った。

「待っておくれ、すぐに開けるから……」

あわてて、お遼は、桜紙で媾合の後始末をした。そして、身繕《みづくろ》いをする。

魂之介も、悠々と衣類を身につけた。

ようやく雨戸を開けて、お遼は忠告を迎え入れた。

「おや、お客さんでしたか」

忠吉は、高麗鼠という渡世名《ふたつな》の通り、鼠のように愛嬌《あいきょう》のある顔立ちの若い男であった。

「お武家様。あっしは忠吉って、けちな遊び人でござんす」

「豪木魂之介だ。見知りおいてくれ」

「どうも……でも、お遼姐《ねえ》さんがこの家まで客を連れて来るってのは、珍しいねえ」

「わしのことは、気にせずとも良い。ゆっくり要件を済ませてくれ」

煙草盆《たばこぼん》を引き寄せて、のんびりと煙草を喫《す》いながら、魂之介は言う。

「あれ？」

小首を傾《かし》げながら、忠吉は、魂之介の顔を無遠慮に覗きこんだ。

「ひょっとして、閻魔一家の辰たちを叩きのめしたというのは、旦那のことでは？」

「よく知っておるな」

魂之介は驚きもせずに、微笑《ほほえ》む。

「忠さん。あんたは何処《どこ》で、それを聞いたのさ」

忠吉の前にも酒肴《しゅこう》の膳を置いて、お遼は緊張した顔で訊《き》いた。

「それがね、下谷にある壱楽寺《いちらくじ》の賭場《どば》で聞いたのさ。負け続けで素《す》ってんてんになった俺様は、本堂の端っこで仕方なく稲荷寿司《いなりずし》をつまんでいたのよ。そしたら、代貸《だいがし》の源八《げんぱち》が血相変えてやって来て、胴元をやっていた親分の常蔵にご注進だ。姐さんから場所代《ショバ》を取り立てるために行った野郎どもが、化物《ばけもの》みてえに強い……あっ、すいません、旦那」

本人が目の前にいることに気づいて、忠吉は、ぺこりと頭を下げる。

「いや、謝ることはない。その場合の化物というのは、褒め言葉のようなものだ」

「へい、どうも」と忠吉。

「とにかく、化物みてえに強い侍に、三人とも、こてんぱんにやられちまったってね。怒ったねえ、常蔵親分………ん、この塩辛、うまいな」

「で、怒ってどうしたのさ」

焦れったそうに、お遼は言った。

「うん。人数を集めて、その侍野郎を必ずぶち殺せ——と、えらい剣幕だ。それから、侍野郎を始末したらお遼って夜鷹《よたか》も丸一昼夜、野郎どもで責め苛《さいな》んでから簀《す》巻《ま》きにして神田川へ叩きこめ——と常蔵親分は言ってましたよ」

「丸一昼夜……簀巻き……」

お遼は、さすがに蒼《あお》ざめる。

「だからね。閻魔一家がこの家に押しかけるかも知れねえから、姐さんは早く身を隠した方がいいって、報《しら》せに来たんでさあ」

「ありがとう、忠さん。この通りだよ」

深々と頭を下げる、お遼だ。

「姐さんには、俺も世話になってるから……」

照れたように頭を掻いた忠吉は、魂之介の方を見て、

「あ、旦那。旦那も、早く逃げた方がよござんすよ。閻魔一家は、やくざ者だけじゃなくて、人斬りを何とも思わねえ無頼《ぶらい》浪人も雇うらしいですから」

「ふうむ……」

魂之介は、ぽんっと煙管《きせる》の雁首《がんくび》を灰吹《はいふき》に打ちつけて、

「常蔵というのは、そんなに悪い奴なのか」

眉根を寄せて、呟《つぶや》いた。

「そうですとも」忠吉は身を乗り出して、

「勝手に場所代は取り立てる、乾分《こぶん》どもに娘っ子を手籠《てごめ》にさせて女衒《ぜげん》に売り飛ばす、高利貸しの手先になって貧乏人を袋叩きにする、大店《おおだな》に因縁《いんねん》をつけて金を強請《ゆす》りとる、邪魔な奴は卑怯《ひきょう》な闇討ちで始末しちまう……とにかく、下谷界隈《かいわい》じゃあ蚰蜒《げじげじ》みてえに嫌われてる奴ですよ」

「よし、わかった――」

煙管を煙草入れにしまって、魂之介は立ち上がった。大刀を左腰に差しながら、

「忠吉とやら。ご苦労だが、その壱楽寺へ案内してくれ」

「い、壱楽寺へ……？」

忠吉が、きょとんとしていると、脇からお遼が心配そうに、

「お殿様。壱楽寺へ行って一体、何をなさるおつもりですかっ」

「知れたことよ」

豪木魂之介は、毅然として言った、

「江戸の毒虫退治をしてくる」

二

「さあ、壺っ」

中盆《なかぼん》が威勢良く声を張り上げる。

女壺振《おんなつぼふ》りのお浜《はま》は、しゅっと小気味よい音を立てて壺皿を開いた。

二個の賽子《さいころ》の出目《でめ》は、一と三だ。

「三一《さんぴん》の丁《ちょう》！」

半方に賭けられた駒札が中盆によって集められ、寺銭《てらせん》を差し引いた上で、手早く丁方に賭けた客に分配された。

下谷の壱楽寺の本堂――そこで開かれている閻魔一家の賭場であった。

幅二尺、長さ二間の白布を敷いたのが盆茣蓙《ぼんござ》である。その盆茣蓙の周囲に群れている客たちは、目を血走らせて勝負に熱中していた。

熱気溢れる盛況の賭場を、複数の百匁蠟燭《ひゃくもんめろうそく》が照らし出している。

本堂をやくざ者に貸して、その貸代を貰った住職の良覚《りょうがく》は、さらに罰当たりなことに、蔭郎《かげろう》茶屋へ遊びに行っていた。

蔭郎は、蔭間《かげま》、蔭子《かげこ》とも呼ばれた。本物の女以上に女らしく着飾った、美少年の男娼《だんしょう》のことである。

この本堂の須弥壇《しゅみだん》には、何も置かれていなかった。あろうことか、御本尊の阿《あ》弥《み》陀《だ》如来《にょらい》を、良覚はとっくに売り飛ばしていたのである。

とんでもない破戒坊主であり、だからこそ良覚は、閻魔の常蔵に自分の寺を貸す程度のことには、何のためらいもなかったのだ。

その常蔵は、髭《ひげ》の剃り跡が青々とした精力的な風貌の男である。眉は、浅草海苔《のり》でも貼り付けたかのように濃く太い。

年齢は四十前だろう。寺銭を収めた銭箱の前に座って、湯呑みで酒を飲んでいた。目の前には五合徳利《どっくり》が置いてある。

「おい、源八」

常蔵は、傍《かたわ》らにいる代貸に向かって言った。

「佐々岡《ささおか》さんは、本当に来てくれるんだろうな」

「大丈夫ですよ、親分」

閻魔一家の代貸を務める源八が、苦笑した。

「ご存じのように、佐々岡の旦那は金にはうるさいが約束を守る人でさあ。馴染みの妓《おんな》と床合戦が終わったら、必ず、この寺に駆けつけると言ってましたから」

「例の岡場所の小里《こさと》とかいう妓だろう。俺は前に一度、見たことがある。面《つら》はまあまあだが、蚊蜻蛉《かとんぼ》みてえに痩せこけた女だったぜ。佐々岡さんも、あんな骨だけみてえな女のどこが良くて、馴染みになってるんだか……」

「そりゃあ、親分。女は見かけも大事だが、もう一つ、大事なものがありますからねえ。へっへっへっ」

下品な笑みを浮かべる、源八だ。

「ん?」

常蔵も、卑《いや》しげな表情になって、

「そうか、あそこの具合とかなあ……まあ、男と女だ、そういうこともあるだろうな」

それから、常蔵は、本堂から通路越しに見える庫裡《くり》に目をやった。

その庫裡には、九人の乾分たちが集まって、酒を飲みながら本当と嘘をまぜこぜにした喧嘩自慢に花を咲かせていた。

人斬り浪人として有名な佐々岡十郎《じゅうろう》が来たら、豪木魂之介を始末するために出陣しようという面々であった。

やる気十分な乾分たちを見た常蔵は、満足げにうなずくと、女壺振りの方へ視線を戻した。

弁天お浜の異名を持つ二十二歳の女壺振りは、ふっくらとした頬《ほお》の美女だ。切れ長の目には、何とも言えない色気があった。

長い髪を纏《まと》めて頭の上に巻き上げる、蝟髷《ばいまげ》という髪型をしている。常蔵の妾《めかけ》の一人で、いかさまの名人でもあった。

（豪木とかいうド三一《サンピン》を始末したら、その祝に、女房のお染《そめ》とお浜を二人並べて可愛がってやるかな）

そんな破廉恥《はれんち》な妄想に、常蔵が、唇の端をだらしなく緩《ゆる》めていると、

「お、親分、大変だァっ」

外で張り番をしていた乾分の弥助《やすけ》が、血相を変えて本堂に飛びこんで来た。

あまりにも急ぎすぎたためか、何かに足を取られて、顔面から床に勢いよく倒れこむ。びったん、と大きな音がした。

「ふが、ふがァ……」

低い鼻が潰《つぶ》れてよけいに低くなった弥助は、両手で顔を押さえて、不明瞭な呻《うめ》き声を洩《も》らした。

「どうした、しっかりしろっ」

腰を浮かせて、常蔵が怒鳴りつける。

「まさか、町方《まちかた》の手入れかっ」

常蔵は訝《いぶか》った。

町奉行所は、寺社地で勝手に捕物をすることはできない。寺社奉行の許可を必要とする。

だから、常蔵は寺社奉行所の役人たちを買収してあった。もしも町奉行所の手入れがあるとしたら、その買収した役人から事前に知らせがあるはずなのだ。

「手入れだって⁉」

客たちは、浮き足立つ。いざという時の脱出口である通路の近くへ、彼らは集まった。

「ひがう、ひがう……」

弥助は片手を振って、否定する。

「ひゃろう…や、野郎が来やがったんですぅ……」

「野郎って、誰だっ」

常蔵が問い返すと、それに弥助が答えるよりも早く、

「──わしだ」

のっそりと本堂へ入って来た黒い着流しの偉丈夫《いじょうふ》は、豪木魂之介であった。

「だ、誰だ、てめえはっ」

常蔵が誰何《すいか》すると、魂之介はにっこりと笑う。

「わしを捜していたのだろう。天下御免の素浪人、豪木魂之介だ」

あっと叫んだ常蔵は、

「野郎ども、出てこいっ、殴りこみだっ」

あわてて叫んだ。庫裡の方から、長脇差《ながどす》を摑《つか》んだ男たちが駆け出して来る。

通路の前にいた賭け客たちを突き飛ばすようにして、乾分たちは本堂に飛びこむと、魂之介を包囲した。代貸の源八も、それに加わる。

「こいつが、辰たちを痛めつけた三一だ。かまわねえから、膾斬《なますぎ》りにして冥土《めいど》へ送ってやれっ」

「おうっ」

常蔵が命じると、

「飛んで火にいる夏の虫だぜっ」

乾分どもが、長脇差を引っこ抜いた。

「ふうむ」

魂之介は怖れ気もなく、そいつらの顔を見まわすと、

「どいつもこいつも、徳の欠片《かけら》もないような悪相ばかりだなあ」

「ぬかしたなっ」

正面にいた源八が、長脇差を振り上げて斬りかかって来た。

源八が長脇差を振り下ろした瞬間、鋭い金属音がして、彼の両手から得物《えもの》が消えた。

「へ？」

魂之介が大刀を抜き放って長脇差を払い飛ばしたのだ――と理解するよりも前に、源八は、左肩に凄い衝撃を受けて引っくり返る。

魂之介の峰打ちで、肩の骨と鎖骨《さこつ》を粉々に粉砕されたのであった。

後頭部を激しく床に打ちつけて何が何だかわからないうちに源八が気絶した時には、魂之介は、その右隣の奴の脇腹へ大刀の峰を叩きこんでいた。

「ぐはっ」

右の肋骨《ろっこつ》を砕かれて内臓まで潰されたその男は、長脇差を放り出して、ぶっ倒れた。内臓からの激痛に耐えかねて、藻掻《もが》き苦しむ。

り出して来た。

その時、魂之介の背後にいた奴が、怪鳥《けちょう》のような奇声を上げて、諸手《もろて》突《づ》きを繰
「むっ」

魂之介は振り向き様、右手で大刀を横薙《よこな》ぎにする。

額《ひたい》を大刀の峰で打たれたそいつは、白目を剝《む》いて俯《うつぶ》せに倒れた。踏み潰された蛙《かえる》そっくりの格好で、動かなくなる。

あっという間に三人もの仲間が魂之介に打ち倒されたので、残った七人の男たちは愕然《がくぜん》としていた。自分たちの目の前で起こったことが何なのか、理解することができないようであった。

その機を逃さず、魂之介は、さらに次の獲物に襲いかかる。通路の近くにいた奴の右腕に、大刀の峰を叩きつけた。

「ぎゃっ」

尺骨《しゃっこつ》を叩き割られた男は、濁った悲鳴を上げて臀餅《しりもち》をつく。

さらに魂之介は、長脇差を構えたまま目を瞑《つむ》って飛びこんで来た奴の手を打った。

鐔元《つばもと》を握った右手の指三本を潰されたそいつは、長脇差を落として両膝をつい

た。あまりの激痛に、左手で右手を押さえながら幼児のように泣き叫ぶ。

右へ向き直った魂之介は、近づいていた奴の左足を打った。太腿《ふともも》の筋肉がひしやげただけではなく、大腿骨《だいたいこつ》が砕かれてしまう。

「ぐあっ」

のけぞったそいつは、背中から床に倒れた。

両腕で左足をかかえこんで、全身から脂汗を噴き出す。

残った四人は、ようやく、魂之介の腕前がわかったらしい。

「くそっ」

「ちきしょうめっ」

「だ、代貸の仇敵《かたき》だっ」

口々に喚《わめ》くが、誰も自分から進んで斬りかかろうとはしない。

三

「どうした」魂之介は嗤《わら》う。

「素手の弱い者を痛めつけるのは得意でも、剣を持った相手には逃げ腰か。それで、やくざ稼業というのは務まるのか」

「野郎っ」

その挑発に乗って、左側の奴が、右手の長脇差で魂之介の首を薙ごうとした。

片手薙ぎで生きた人間の首を斬り落とすなどというのは、正式の剣術の修業をした武士でも難しい。まして、やくざ同士の喧嘩しか経験のない者には、不可能に近かった。

案の定、魂之介はその長脇差を容易《たやす》く払いのけた。そして、そいつの右腕に大刀で打ちこんだ。

「ぐあァっ」

大刀の峰は、正確にそいつの肘関節を破壊した。回復不可能なほどに、粉々に砕けたであろう。

長脇差を投げ出したそいつは、信じられない角度で垂れ下がった自分の前腕部を見て、気を失って倒れた。

その間に、魂之介は、別の奴の頭のてっぺんに大刀を振り下ろした。

「がっ」

物凄い衝撃に脳震盪《のうしんとう》を起こしたそいつは、ばったりと仰向《あおむ》けに倒れる。

「ひ……」

「う、う……」

残った二人は腰が引けて、泣き出しそうな顔になっていた。

彼らが逃げ出さないのは、親分の常蔵が見ているからではない。魂之介が怖くて、背中を向けることができないのだった。

魂之介は、無造作に二人に近づいた。そして、二度、大刀を振るう。

「わっ」

「あァっ」

一人は右の二の腕に、もう一人は左の二の腕に一撃をくらった。彼らの上腕部の筋肉は潰され、骨は微塵《みじん》に砕けた。

腕を破壊された二人は、左右に倒れた。激痛のために呻き声すら上げられず、嚙みしめた歯の間から、しゅうしゅうと荒い息を洩らすだけであった。

「さて――」

右手に大刀を下げたまま、魂之介は、須弥壇の前の常蔵を見た。

「毒虫の親玉は、お前だな。親玉らしく、かかって来るがよい」

「むむ……」

常蔵は、蒼白になっていた。

やくざの親分にのし上がったのだから、常蔵とて多少は腕に自信がある。

しかし、この相手は、そんな喧嘩剣法でどうにかできるほど生やさしい相手ではなかった。常蔵の腕前からしたら、怪物に等しい存在であった。

その常蔵には、女壺振りのお浜がかじりついている。弥助や中盆たちは、魂之介のあまりの強さに逃げ出していた。

賭け客たちも逃げ出して、庫裡に続く通路の前にいるのは、高麗鼠の忠吉だけであった。

魂之介をこの寺まで案内して来た忠吉は、いつの間にか、ずっと賭場にいたような顔をして、本堂へ入りこんでいたのだった。

（何て凄い旦那だ……まるで、鞍馬山《くらまやま》の天狗《てんぐ》の生まれ変わりだぜ……）

辰たち三人がやられるのを見ていない忠吉は、この場で初めて魂之介の強さを目撃して、感激していた。

「かかって来ないというなら、わしから参るぞ」

魂之介が言った。

夜鷹のお遼に二度と手出しできないように、魂之介は、閻魔一家を再起不能にするために壱楽寺へ来たのである。

「ま、待てっ」

常蔵は両手で相手を押しとどめるようにして、言った。

「何だ、命乞いか。親玉なら親玉らしく、覚悟を決めたらどうだ」

「命乞いじゃねえ。俺は博奕打《ばくちう》ちだ。どうだ、お侍。勝負は博奕で決めようじゃねえか」

「なるほどのう」

魂之介は、ちょっと考えてから、大刀を鞘《さや》に納めた。盆茣蓙の方を見て、

「博奕というのは、そこでやるのか」

「ああ。そこに座ってくれ」

一瞬、狡猾《こうかつ》な笑みを浮かべた常蔵は、それを消して、

「いつまで、寝転がってやがるんだ。さっさと引っこめっ」

本堂のあちこちで唸《うな》っている乾分たちを、邪険《じゃけん》に怒鳴りつけた。何とか動ける者たちが、動けない仲間をかかえて、のろのろと庫裡の方へ退散する。

魂之介は、大刀を鞘ごと腰から抜いて、盆茣蓙の真ん中あたりに座った。大刀は、自分の左側に置く。

盆茣蓙を挟んで向かい側に、常蔵が座った。

「おい」

常蔵が顎《あご》をしゃくると、お浜が盆茣蓙をまわって、魂之介の左側に座った。そして、壺皿と賽子を二個、魂之介の前に置く。

「どうぞ、お改めを」

「うむ」

壺皿は籐《とう》を編んだもので、朝顔の花のような形をしている。魂之介は、その壺皿と賽子を手にとって、

「良かろう」

鷹揚《おうよう》にうなずいた。

「ご存じと思いますが、賽子二つの出目を当てる丁半《ちょうはん》博奕です。出目を合わせた数が奇数なら半、偶数なら丁ってわけだ」

常蔵は説明した。

「なるほど」

「お侍が勝ったら、閻魔一家は二度とお遼にもお侍にも手は出さねえと約束しよう。だが、この常蔵が勝ったら、お侍はお遼の件から手を引いてもらう。いいで

すね」

「承知した」

魂之介がうなずく。

「では――」

常蔵は、お浜の方を見た。

にんまりと微笑したお浜は、諸肌《もろはだ》を脱いだ。胸には、高々と白い晒《さら》し布が巻いてある。裾前《すそまえ》を割って左膝を立てると、肉づきのよい太腿が剝き出しになった。

右手に壺皿を持ち、左手の三本の指に二個の賽子を挟む。

「入ります」

お浜は、賽子を壺皿の中に投げ入れた。そして、壺皿を盆茣蓙に伏せる。

「さあ、張ったっ」

お浜が、魂之介を見て言った。

「その前に、立ってみてくれぬか」

「え……………?」

怪訝《けげん》そうな顔をしながら、お浜は立ち上がった。

その瞬間、きらりと閃光が走った。

すると、お浜の帯が正面で真っ二つに割れて、足元に落ちる。さらに、着物の前も左右に割れた。

下裳《したも》まで斬られているので、赤紫色をした秘部まで剝き出しになる。

魂之介が目にも止まらぬ迅《はや》さで抜刀し、お浜の肌を傷つけずに、帯と着物だけを縦一文字に切断したのであった。

「きゃあっ」

お浜は両腕で着物をかかえこむようにすると、後ろを向いた。その背中に、魂之介の大刀が一閃《いっせん》する。

今度は、着物の後ろが縦一文字に斬り裂かれた。前後で切断された着物は、お浜の足元に落ちる。

女壺振りの軀《からだ》を覆っているものは、胸に巻いた白い晒し布だけであった。秘部も臀も剝き出しになっている。

完全な裸よりも、胸乳《むなぢ》だけ隠して下半身は丸裸というその姿の方が、逆にエロティックであった。

そして、晒しの下の背中には、弁財天の色鮮やかな彫物《ほりもの》があった。〈弁天お浜〉の渡世名は、この彫物に由来しているのだろう。

「な、何をしやがるっ」

常蔵が吠えた。

「おい。そこに転がっているものは、何だ」

納刀をしてから、魂之介が言った。

お浜の着物の脇に、二個の賽子が転がっている。

「壺皿の中にあるはずの二つの賽子が、なぜ、この女の着物の中に隠れていたのかな」

「う……」

常蔵は絶句した。

お浜は、左手の指に賽子を挟む時に、巧みにいかさま賽子とすり替えたのだった。そして、本物の賽子は、脱いだ左袖《ひだりそで》の中に落としこんだのである。

このいかさまを行うために、お浜は、魂之介の左側に位置したのであった。

「さあ。もう一度、その賽子でやり直しだ」

魂之介は言った。

「女、そのままの姿で壺を触れ。妙な真似《まね》をしたら、今度、斬られるのは着物ではないぞ」

「は、はい……」

半裸のお浜は、震えながら座り直した。

今度は正座したままで、壺皿を手に取る。そこにあった二個の賽子は、盆茣蓙の外へ置いた。

そして、まともな賽子を左手に取ると、魂之介の方を見る。魂之介は無言で、うなずいた。

「入りますっ」

壺皿に賽子を放りこんで、お浜は、それを盆茣蓙に伏せた。

「張ったっ」

「半っ」

迷わずに、魂之介は言った。

二個の賽子の出目を合計する丁半博奕だが、丁と半の確率は実は同じではない。

丁目は、一・三、二・四、五・五……というように、十二通りの組み合わせがある。だが、半は、一・二、二・三……というように、九通りしかないのだ。

だから、一発勝負の場合は、大抵の人間は確率の高い丁目に張る。

しかし、魂之介は、それを知ってか知らずか、半目に賭けたのであった。

「よし、丁だっ」

常蔵は叫んだ。

いかさま無しの真剣勝負なので、目つきが完全に博奕打ちのそれになっている。

「では――」

お浜は、常蔵と魂之介の顔を交互に見てから、震える右手を壺皿に伸ばした。

しゅっ、と勢いよく壺皿を開ける。

第三章　天下御免の漢《おとこ》

一

出目は、四と三であった。

「し…四三《しそう》の半っ」

がっくりと肩を落として、半裸のお浜は宣言する。

「こんちきしょうっ」

懐《ふところ》の匕首《あいくち》を抜いた常蔵が、盆茣蓙《ぼんござ》を踏みつけて、突きかかってきた。

「たわけっ」

魂之介は、左手で大刀を摑《つか》んだ。そして、その柄頭《つかがしら》を常蔵の鼻柱《びちゅう》に突き入れる。

「ぐぎゃっ」

常蔵の軀《からだ》は、後方へ吹っ飛んだ。須弥壇《しゅみだん》に背中から衝突する。そのまま、ずるずると床に滑り落ちて仰向《あおむ》けになった。

鼻が、完全に陥没していた。

鼻骨が砕けただけではなく、常蔵の頭蓋骨《ずがいこつ》そのものに罅《ひび》が入ったに違いない。

少なくとも、二、三日は目を覚まさないだろう。

「これ、女」

何事もなかったかのようにして、魂之介は尋《たず》ねた。

「加勢は、いつ参る」

「……え？」

弁天お浜は、ぽかんと口を開いた。

「常蔵が賽子《さいころ》の勝負を申し出たのは、刻《とき》を稼ぐために違いない。つまり、頼りになる加勢が来るのを待っていたわけだ。そうであろう」

「畏《おそ》れ入りました」

お浜は両手をついて、頭を下げる。

「実は……佐々岡十郎という人斬り浪人を呼んでいます。もうすぐ、駆けつけて来るはずで」

だから、本当は常蔵は、丁半《ちょうはん》勝負に負けても人斬り浪人が到着するまで、卑屈に魂之介の機嫌をとっていれば良かったのである。

しかし、いかさま抜きの真剣勝負で負けたので、かっとなって、匕首で魂之介に突きかかってきたのだ。

さすがに、本職の博奕打《ばくちう》ちだけに、ド素人《しろうと》に完膚無《かんぷな》きまでに敗北して頭に血が昇ったのだろう。

「その浪人者は、つまり、人殺しを生業《なりわい》にしておるのか」

「はい。両手の指の数よりも人を斬っている――というのが自慢で」

「ひどい自慢もあったものだな」

苦笑した魂之介は、大刀を手にして立ち上がった。

「では、その人斬り屋を迎えに出るか――」

「ま、待ってっ」

いきなり、お浜が魂之介の膝にすがりついた。

「お願い……しゃぶらせてくださいましっ」

「ん？」

不審げに、魂之介は女壺振《おんなつぼふ》り師を見下ろした。それを許可と受け取ったのか、お浜は黒い羽二重《はぶたえ》の前を開いて、白い下帯《したおび》に頬《ほお》をこすりつける。

「凄い……まだ柔らかいのに、こんなに盛り上がってる……」

それから、お浜は、下帯の脇から男の象徴を摑み出した。

「お珍々、巨《おお》きい。特大魔羅なのねっ」

魂之介の前に跪《ひざまず》いている女壺振り師は、欲情して目を輝かせた。

お珍々——OCHINCHINも、魔羅——MARAも、男根を意味する淫語である。

珍宝——CHIMPO、大蛇——OROCHIなどという名称もある。子供のそれは、珍宝子——CHINPOKOと呼んだ。

また、公家や大名家の妻女の間では、御破勢——OHASEと呼ばれていた。

「勢いよく突き破るもの」というのは、なかなか興味深い当て字である。

お浜が口にした「特大魔羅」は、巨根の卑俗な呼称であった。

「美味《おい》しい……」

まだ休止状態の肉根に舌を這《は》わせながら、お浜は言った。そして、色餓鬼《いろがき》のように貪欲に男根を舐めしゃぶる。

下半身が裸の美女が男の前に跪いて吸茎する姿は、実に淫靡《いんび》であった。

「こりゃ堪《たま》らねえ。目の毒だ」

高麗鼠の忠吉は、あわてて庫裡《くり》の方へ引っこんだ。

先ほど、そこへ退散したはずの代貸《だいがし》の源八たちは、とっくに姿を消していた。

親分の常蔵を見捨てて、一目散に逃走したのである。

親分が親分なら乾分《こぶん》も乾分、渡世の仁義も何もわきまえぬ、どちらも人間の屑《くず》なのであった。

「……」

豪木魂之介は、お浜の口唇奉仕――というよりも浅ましいほどの痴態を、静かに見下ろしていた。無言である。

やがて、魂之介のそれは逞《たくま》しく屹立《きつりつ》した。

「ああ、嬉しい……あたしが口と舌でご奉仕したから、勃《た》ったのね。巨きくて、硬くて、淫水焼けしたみたいな茄子色《なすいろ》で、本物の漢ね。早く、あたしの秘女子にぶちこんでっ」

秘女子――HIMEKOは、女陰を指す淫語である。

御満子――OMANKO、愛女処――MEMEJYO、玉門――GYOKUMON、火戸――HOTOなどという呼び方もあった。上流階級では、御秘女――OHIME、姫貝――HIMEGAIなどと呼ぶ。

「あたしの軀をあげる。その代わり、佐々岡だけは斬って。必ず、息の根を止めてね」

「それは、どういう意味だ。お前は人斬り屋に恨《うら》みでもあるのか」

訝《いぶか》しげに、魂之介が訊《き》く。

「そんなんじゃないわ。親分の常蔵はあんなになっちまったし、客は逃げて、乾分どもは臀《しり》に帆掛けて消えちまった。だから、あの銭箱は、あたしたち二人のものじゃありませんか。少なくとも二百両以上は入ってるはずだから、ずいぶんと贅沢三昧《ぜいたくざんまい》ができますよ」

「わしと二人で贅沢三昧のう……」

「そうですとも。その邪魔になるのが、今から来る佐々岡十郎って奴ですよ」

お浜は、邪悪な微笑を浮かべて、

「そこに転がってる常蔵を見たら、金に汚い佐々岡は絶対に銭箱の行方を捜すに決まってる。あたしと旦那が旅に出たとしても、しつこく迫って来ますよ。だったら、ここで始末した方が安心できるでしょ。ね？」

「お前は、常蔵の妾《めかけ》ではなかったのか」

「それは常蔵が元気で親分風をふかしてた時の話で、今は、くたばり損《そこ》ない同然。

こんな奴と手が切れて、せいせいしますよ」

「……お前の考えは、よくわかった」

「あら。承知してくれたのね、さすが旦那だわ」

お浜は、いそいそと犬這いになった。剝《む》き出しの臀を、羞《はず》かしげもなく高々と掲げる。

「あたし、牝犬《めすいぬ》みたいに四ん這いの姿勢で、強い男に後ろから犯されるのが好きなの。さ、早くぅ……立派なお珍々をぶちこんでぇ」

お浜は、豊かな臀を蠢《うごめ》かした。

濡れそぼった赤紫色の花園だけではなく、後門まで丸見えになっている。放射状の皺《しわ》のある後門は、淡い灰色をしていた。

「よかろう」

魂之介は、お浜の背後に片膝を突く。

「後ろから犯されるのが好みなのだな」

「ええ……荒々しく突いて、突いて、突きまくってね」

肩越しに振り向いて、淫《みだ》らな笑みを浮かべるお浜であった。

「このように、か」

魂之介は、左手で女の臀肉を摑んだ。そして、右手で握った巨根の先端を、花園ではなく後門にあてがう。

「え……?」

お浜は何か言おうとしたが、それよりも早く、石のように硬い魂之介の巨根が性悪女《しょうわるおんな》の臀の孔《あな》を一気に貫いた。

「――っ!!」

獣物《けだもの》のように、お浜は絶叫した。

百戦錬磨の莫連女《ばくれんおんな》だが、後門性交は未経験だったのである。前戯もなしで、その前人未踏の排泄孔を巨大な男根で蹂躙《じゅうりん》されたのだから、たまらない。

魂之介は平然として、女壺振り師の後門を深々と抉《えぐ》ってから、

「後ろから、荒々しく突いて、突きまくるのだったな。それっ」

力強く、抽送《ちゅうそう》を開始する。お浜の後門括約筋《かつやくきん》の締め具合は、凄まじいものであった。

濡れた海綿を強く握ったように、お浜の全身から脂汗が噴き出した。琵琶《びわ》を奏《かな》でている弁財天の彫物《ほりもの》が、背中の蠢きによって微妙に歪《ゆが》む。

「ひぎィ……や…やめてぇ………」

きつく嚙みしめた歯の間から、お浜は声を絞り出した。

「やくざの銭箱を盗んで、二人で贅沢三昧だと？　その方《ほう》は、誰に向かってものを言っておるのか」

口調は静かだが、魂之介の声には怒りがこもっていた。

「この豪木魂之介、本日より大江戸無宿の身とはいえども、武士であるぞ。渇《かっ》しても盗泉《とうせん》の水は飲まぬのが、もののふという者じゃ。まして、その方のごとき性根の腐った毒女に道連れにされるほど、わしは落ちぶれてはおらぬ」

「死ぬぅ……死んでしまう……」

「腸《はらわた》の底から、悔い改めるがよい。そらっ」

魂之介は、さらに腰の動きを速める。

二

だが、四半刻《しはんとき》――三十分ほど責めているうちに、お浜の様子が変わってきた。

「う、うぐぅ……火のついた薪《まき》で、お腹の中を搔きまわされてるみたい……もっと、もっと……滅茶苦茶にしてぇ」

呻《うめ》き声に甘さが加わり、口の端から唾液さえ垂らして悦《よ》がり出す。

「なるほど……」魂之介は呟《つぶや》いた。

「牢《ろう》屋敷で責め問いを受ける科人《とがにん》の中には、希《まれ》に苦痛に慣れてそれを愉《たの》しむ者がいると聞くが……男女の交わりでも、そのような事があるのだな」

臀孔責めによって苦痛の頂点を越えたお浜は、被虐《ひぎゃく》の悦楽に目覚めた。自分から臀を振って、より深く消化器官の奥へ巨根を咥《くわ》えこもうとする。

そんなお浜を見て、魂之介は、相手をしているのが馬鹿馬鹿しくなってきた。

魂之介は早く決着をつけるために、猛烈に突きまくって、お浜を倒錯した官能地獄の頂点に送りこむ。

「ひぃィィ……………っ！」

背中を弓なりに反《そ》らせて、お浜は絶頂に達した。全身を痙攣《けいれん》させて、ぐったりと床に寝そべってしまう。気を失っていた。

魂之介は吐精していない巨根を、ずるりと引き抜いた。女壺振り師の排泄孔は、ぽっかりと口を開いて、内部粘膜まで丸見えになっている。

お浜の肌襦袢《はだじゅばん》の裾《すそ》で後始末をすると、魂之介は、意志の力で屹立状態を解く。

そして、彼が立ち上がった時、土足のままで本堂へ入ってきた者がいた。色の褪《あ》せた小袖《こそで》に袴《はかま》という姿の浪人者である。

「――俺が来る前に、色々と終わっていたようだな」

三十前と見える浪人者が、倒れている常蔵や喪心《そうしん》しているお浜などを見て、にっと嗤《わら》う。

馬面《うまづら》に無精髭《ぶしょうひげ》を生やしていた。陰惨《いんさん》な目つきをしている。肝臓が悪いのか、肌の色が黒ずんでいた。

「佐々岡十郎という人斬り屋は、お主《ぬし》か」

魂之介が問いかけると、

「豪木魂之介とかいう夜鷹《よたか》のひもは、お前さんかね」

佐々岡浪人は、訊き返した。わざと魂之介を怒らせるつもりらしい。

「金のために人を斬るのは、楽しいか」

「別に楽しいわけではないよ。だが、人斬りが厭《いや》だと思ったこともないな。所詮《しょせん》、強い者が弱い者を喰って成り立ってる世の中だ」

佐々岡は、どうでも良さそうな口調で言う。

「そうか」

魂之介は、大刀の柄に手をかけた。

「お主のような毒虫が生きていると、この先、何人もの善良な人々が難儀するだろう。よって……今、この場で、わしが引導を渡してくれる」

すらりと大刀を引き抜く。

普通ならば、屋内の闘いでは脇差を用いるべきだ。だが、一般家屋と違って寺の本堂は天井が高いから、大刀であっても、取りまわしに不都合はない。

「来い」

「そんなに死にたいのかっ」

佐々岡は、さっと大刀を抜いた。その抜刀の手並だけを見ても、相当の腕前であることがわかる。

魂之介は、大刀を下段に構えた。佐々岡は半身になって、右の片手正眼である。

「…………」

両者は、互いに睨《にら》み合った。

「えぇいっ」

いきなり、佐々岡が突進した。火の出るような片手突きを繰り出す。

魂之介は苦もなく、大刀でその突きを払った。

その瞬間、佐々岡が左手に握っていたものを、魂之介の顔面に叩きつけた。

「おっ」

魂之介は身を沈めて、危うく、その直撃をかわした。

それは、空《から》にした鶏卵の中に唐辛子《とうがらし》や砂、山椒《さんしょう》などを詰めた目潰《めつぶ》し玉であった。

町奉行所の捕方《とりかた》たちも、捕物の相手が手強《てごわ》い時は、これを使う。佐々岡は、この目潰し玉を左の袂《たもと》に隠していたのだった。

右の側頭部をかすめて、その目潰し玉は割れた。

中身の大半は、魂之介の髪や右肩、背中に降りかかったが、一部は左右の目に入ってしまう。特に、右目は、かっと真っ赤に燃えるような激痛が走った。

「むむっ」

魂之介は、さっと大刀を一振りして、佐々岡の接近を阻《はば》んだ。そうやって威嚇《いかく》しておいてから、盆莫蓙を踏み越え須弥壇の前に走る。

「逃さぬぞっ」

佐々岡は、その背中に斬りかかろうとした。

「旦那、危ねえっ」

その腰に後ろからしがみついたのは、庫裡から様子を見に来た忠吉であった。

「こらっ、放せっ」

佐々岡は相手を振り飛ばそうとするが、忠吉は絡みついた蛸《たこ》のように離れない。その間に、魂之介は、常蔵の五合徳利《どっくり》を手にしていた。重さからして、中身が半分ほど残っていると知れた。

顔を上げて、五合徳利を逆さにする。どぼどぼと徳利の口から流れ落ちた酒で、魂之介は、両眼を洗った。

本当は塩水で洗うのが一番良いのだが、そんなものを用意できるほど悠長な状況ではない。酒精《アルコール》も目に染みたが、痛みが薄らいで何とか視力が回復した。

魂之介が見ると、佐々岡の強靭《きょうじん》な腰の力で、忠吉が撥《は》ね飛ばされたところだった。

「この下郎めっ」

佐々岡は、大刀を振り上げて、忠吉を斬り殺そうとする。

「待てっ！」

本堂が揺れるような大声で、魂之介は叫んだ。叫びながら、盆茣蓙を飛び越している。

「うおっ⁉」

振り向いた佐々岡十郎は、すでに目前にまで迫っている魂之介を見て、愕然《がくぜん》とした。

あわてて、顔の前に横一文字に刃《やいば》をかざして、魂之介の斬撃を受け止めようとする。

が、大上段から振り下ろした魂之介の豪剣は、その刃を割って、佐々岡の左肩に斬りこんだ。そのまま、魂之介は斜めに斬り下げる。

「が……」

袈裟懸《けさが》けに斬られた佐々岡は、何か言おうとしたが言葉が続かず、ゆっくりと仰向《あおむ》けに倒れる。床に、血が流れた。

魂之介は、ひゅっと血振《ちぶり》をした。そして、懐紙で刃を拭《ぬぐ》うと納刀する。それから、

「――大丈夫か、忠吉氏《うじ》」

忠吉に手を貸して、彼を立たせた。

「あ、ありがとうございます……旦那」

声を震わせて、忠吉は言った。

「もう少しで、首と胴が生き別れになるところでした。俺を斬ろうとした佐々岡

の眼の恐ろしいことといったら……地獄の鬼みてえでしたぜ」

「礼を言うのは、わしの方だ」

魂之介は笑みを見せる。目は、まだ充血していた。

「忠吉氏が加勢してくれなかったら、わしは、此奴《こやつ》に斬られていただろう」

「そんなことはありませんよ、へへへ」

照れくさそうに笑う、忠吉だ。

「では――」

魂之介は、佐々岡浪人の方を向いて、片手拝みする。

「こんな厭な場所からは、さっさと退散するとしようか」

忠吉は、気絶している二人を見て、

「旦那。常蔵やお浜は……」

「破戒坊主が戻って来れば、医者を呼ぶなり役人を呼ぶなり、何とかするだろう。もう、こんな毒虫どもに関わり合うのは、たくさんだ」

「へえ」

「お遼の家を出る時、一両、渡されてな」

朗《ほが》らかに微笑する、魂之介だ。

「これがあれば、居酒屋と申すところで酒を飲むのに足りぬか。どうだな?」

三

「――それで、旦那」

酔いのまわった忠吉が、徳利の並んだ卓の上に赤い顔を突き出した。

「主持ちのお侍から浪人におなりになった理由ってのを、そろそろ聞かしちゃあくれませんか」

そこは、神田広小路《ひろこうじ》にある居酒屋〈こよし〉の奥にある小座敷であった。

壱楽寺を出た豪木魂之介と忠吉は、深夜なのに開いているこの店を見つけて、小座敷へ上がったのである。

「うむ。忠吉氏になら、話してもよかろう」

魂之介は、盃《さかずき》を卓の上に置いた。

居酒屋の親爺《おやじ》に塩水を作ってもらい、それで目を洗ったので、目潰しによる充血は消えている。

「今日……いや、もう昨日か。昨日は三月三日、つまり桃の節句だったな」

「へえ、そうでしたね」

「桃の節句は五節句の一つで、上巳《じょうし》ともいう。上巳の式日には、江戸城の大広間に諸大名と大身《たいしん》の旗本たちが集まって、将軍家にお祝いを申し上げるのだ。そこでの事だが――」

「ちょっと待った。旦那も、その場に？」

「うむ。豪木家は、家禄《かろく》千二十石。一応、大身旗本に入るのでな。無役の小普請《こぶしん》組《ぐみ》だが」

「…………」

忠吉は、少しの間、魂之介の顔をぼんやりと眺めていたが、

「ひぇっ!?」

いきなり、ぱっと後ろに飛び退《さ》がって、額《ひたい》を畳に擦りつけた。

「し、し、知らぬこととは言いながら、これまで、とんだ御無礼を……」

遊び人の忠吉からすれば、旗本の当主など、まともに顔を見るには身分が違いすぎる。まして、千石以上の大身旗本なぞ、雲の上の存在に等しいのだ。

「これこれ、そう改まるな。千二十石は今朝までの話、今のわしは素浪人だと最初から申しておる」

魂之介は、屈託のない表情で笑った。

「……はあ」

忠吉は、恐る恐る顔を上げる。風呂桶《おけ》の栓《せん》を抜いて湯を落としたように、酔いは醒《さ》めていた。

「でも、旦那……いや、お殿様。その千二十石の御家《おいえ》を、なんでまた、しくじっちまったんですか」

「一言で言えば――」と魂之介。

「江戸城の大広間で、水野出羽守《みずのでわのかみ》をぶん殴ったからだな」

あっさりと魂之介は言う。

「水野出羽守というと……まさか、老中筆頭の出羽様じゃないでしょうね」

「その出羽だ」

「えっ……」

忠吉は、目を白黒させた。

老中筆頭は、徳川幕府の官僚機構の頂点である。対外的には、将軍の代理である。

その水野出羽守を公《おおやけ》の席で殴るなどとは、正気の沙汰《さた》ではない。いくら大身旗本とはいえ、そんな大罪を犯した者が街中を自由に歩いているというのも、信じられぬことであった。

「老中筆頭といえば聞こえは良いが、お前たち世間の者は何と呼んでいる？」

「はあ……」

周囲を見まわしてから、忠吉は小声で、

「……幇間《ほうかん》老中」

幇間とは、宴席で客の御機嫌をとり遊興を盛り上げる芸人のことだ。太鼓持ちとか男芸者とも呼ばれ、人から尊敬される職業とはいえない。

「そうだ。上様の御機嫌とりばかりしている幇間同然の老中、それが出羽守だ」

水野出羽守忠成《ただあきら》――駿河国沼津藩《するがのくにぬまづはん》五万石の大名であり、徳川十一代将軍家斉の寵臣《ちょうしん》である。

前将軍家治《いえはる》の下で、幕府の財政権を重商主義で解決しようとした田沼主殿頭意次《たぬまとのものかみおきつぐ》は、家治が死去すると失脚した。

そして、天明《てんめい》七年に家斉政権の頂点に立ったのは、白河《しらかわ》藩主・松平越中守定信《まつだいらえっちゅうのかみさだのぶ》である。定信は田沼意次の政敵であり、経済の体制を農本主義へと回帰させようとした。

これが、寛政《かんせい》の改革である。

しかし、定信の改革は庶民の生活を圧迫し、さらに倹約を厳しく推し進めたので、大奥の女たちまでも敵にまわしてしまった。

そのために、寛政五年、ついに定信は老中辞任に追いこまれた。

代わって老中筆頭になったのは、定信派の松平伊豆守信明《いずのかみのぶあき》である。

しかし、定信失脚の顚末《てんまつ》を見ていた信明は、改革を諦《あきら》めて、波風を立てずに政務をこなすことにのみ専念した。

その信明が文化《ぶんか》十四年に死去すると、次に老中筆頭の座についたのが、家斉の側用人《そばようにん》上がりの水野出羽守忠成であった。

出羽守は、贅沢好きで享楽的な家斉を満足させるために、十数回も貨幣改鋳《かいちゅう》を行った。改鋳の差益によって生じた金は九十万両とも数百万両ともいわれる。

しかし、貨幣の質の悪化はインフレーションを招来してしまい、後に幕府自身を苦しめることになった。

贅沢好きなだけでなく、家斉は、側室の数が正式に記録されているだけで十六名、それらが産んだ子が二十六男二十七女という、史上希《まれ》に見る好色絶倫将軍であった。

この時代は幼児死亡率が高かったので、五十三人の中で無事に成長したのは十数人である。

原則としては、将軍の血をひく男子は新規の大名とし、女子はそれなりの家格の大名家に嫁がせねばならない。しかし、これだけ数が多いと、それは財政的に無理であった。

そこで、水野出羽守は、男子をあちこちの大名家に養子として押しつけた。さらに綾姫《あやひめ》は仙台伊達家《せんだいだてけ》に、峯姫《みね》は水戸《みと》徳川家に、溶姫《よう》は加賀藩前田家《かがはんまえだ》にというように、姫君たちも無事に嫁入りさせた。

それらの功によって、水野出羽守は家斉の信頼が厚かったが、世間では、忠吉が口にしたように「幇間のような老中」と笑われていたのである。

「わしは、ある藩への養子押しつけで出羽守が許し難い卑劣な策を使ったことを知った。だから、満座の中で出羽を殴りつけてやったのだ。この不忠者め——と言ってな」

「不忠者……」

「まともな政事《まつりごと》もせずに、上様にへつらっているだけの者は、徳川家の害虫じゃ。だから、不忠者と呼んだのだ」

大広間の二之間《にのま》で、六十過ぎの水野出羽守は、魂之介の岩のような拳に殴られて引っくり返った。その出羽守の軀《からだ》を両手で高々とかかげると、魂之介は、彼を隣の三《さん》之間へ投げ飛ばしたのであった。

「そ、それで……出羽様は御無事で？」

「打身《うちみ》でしばらくは動けまいが、死ぬほどの怪我《けが》はしていないはずだ。少なくとも、わしが江戸城から退出するときは、まだ息をしていたようだな」

「それほどの大事をしでかしながら、どうして、お殿様は無事にお城から出られたんですか」

「うむ。わしには、御墨付《おすみつき》があったからだ」

忠吉が酌《しゃく》をした盃を乾《ほ》してから、魂之介は答えた。

「御墨付ってえと……？」

「東照権現《とうしょうごんげん》様の御墨付だよ」

魂之介は淡々と述べた。

「………？」

忠吉は、あまりにも呆然《ぼうぜん》として、下顎《したあご》が胸の前まで落ちたかのように、あんぐりと口を開いた。

四

元亀《げんき》三年――西暦一五七二年の十二月。

甲斐《かい》の武田信玄《たけだしんげん》は、京にいる織田信長《おだのぶなが》を攻めるために、二万五千の兵を率いて西進し、遠州浜松《えんしゅうはままつ》へ向かっていた。

十二月二十二日朝、浜松城の徳川家康《いえやす》は八千の兵、それに織田方の加勢三千とともに三方ケ原《みかたがはら》へ向かった。

長い睨み合いの末に、夕刻になって合戦の火蓋《ひぶた》は切られた。

鶴翼《かくよく》の陣を敷いた一万一千の徳川軍に、二万五千の武田軍は魚鱗《ぎょりん》の陣形で突進する。徳川軍は三河《みかわ》武士の名にかけて奮戦したが、二倍半の兵力の差を覆《くつがえ》すには至らなかった。

粉雪の舞う中で、徳川軍は敗走した。

追い迫る武田軍から家康を守るために、夏目次郎左衛門《なつめじろうざえもん》、本多忠昌《ほんだただまさ》、松井忠次《まついただつぐ》、鳥居四郎左衛門《とりいしろうざえもん》、鈴木久三郎《すずききゅうざぶろう》など多くの武将が戦死した。

徳川軍の死者は、千人以上といわれている。しかし、「その全員が武田軍の方を向いて討ち死にしており、逃げようとして背中を見せている者は一名もいなかった」といわれるほどの勇猛さであった。

馬の首にかじりついて、家康は辛うじて浜松城に逃げ戻った。何と、後ろを垂れ流しているというひどい有様だったという。

そして、この時、家康に付き添っていたのが、大久保《おおくぼ》忠世《ただよ》と木田《きだ》玄之進《げんのしん》の二人であった。

三河武士の典型といわれた大久保一族の一人である忠世は、後に小田原藩《おだわらはん》四万五千石の藩祖となった。天下の御意見番といわれた旗本・大久保彦左衛門《ひこざえもん》の異母兄でもある。

そして、この木田玄之進こそは、豪木魂之介の先祖なのであった。

天下を平定した徳川家康は、木田玄之進も城持ちの大名にしようとしたが、本人は「そんな堅苦しいものになるのは、それがし、御免でござる」と笑って固辞した……。

「では、その代わりに――と権現様から賜《たまわ》ったのが、豪木の姓と御墨付じゃ」

「その御墨付ってものには、一体、何が書かれていたんですか」

興味津々の顔で、忠吉が訊く。

「うむ。豪木家の当主には、一度限り、どのような振る舞いも許す——と書かれてあった」

「へえ……それは、つまり、どんな失敗をしでかしても罪にならねえってことですかね」

「平たく言えば、そうだ」と魂之介。

「当たり前の話だが、我が豪木家の代々の当主は、権現様の御墨付にすがるような不始末はしないように、己《おの》れも家族も厳しく戒《いさ》めてきた。だが……父が病《やまい》に倒れたために十年前に家督を相続したわしは、自分の代で御墨付を使うことになるだろうと覚悟していた。だから、妻《めと》も娶らず、養子もとらなかったのだ」

「なんで、そんな覚悟を……」

「わしが豪木家の当主になった時には、すでに幇間老中の天下となっていたからだよ」

好色将軍家斉と幇間老中の水野出羽守のために徳川幕府の政治が乱れ切っている状況を見つめながら、豪木魂之介は、諫言《かんげん》する機会を計っていたのであった。

そして昨日、魂之介が三百諸侯の面前で老中筆頭を殴り、投げ飛ばすという暴挙に出たのは、家斉に反省を促《うなが》すためであった。

家斉が「乱心いたしたのかっ」と言ったならば、すかさず、魂之介は懐《ふところ》の御墨付を取り出して、「今の政事を東照神君様がご覧になったら、いかが思われますでしょうか」と問いつめるつもりだったのである。

しかし、寵臣が投げ飛ばされるのを見た家斉は、一言も発せずに、ぷいと不愉快そうに顔を背《そむ》けて、そのまま退出してしまったのである。

「それを見たわしは、がっかりしてなあ……その場に御墨付を置いて、何も言わずに下城し、神田の拝領屋敷へ戻って来たのだ」

寂しそうな口調で、魂之介は言った。

「用人も家来も奉公人も全て暇を出して、屋敷には、わし独《ひと》り。金も家財も好きにしろと申し渡したから、屋敷の中には何も残ってはおらぬ。そこで、大の字になって寝ころんでな。日の落ちるまでに、何か処分の言い渡しがあるだろうと思っていたが、目付も組頭《くみがしら》も誰も来はしない。夜中まで待っていたが馬鹿馬鹿しくなって、わしは屋敷を出て来たというわけだ……」

盃を卓に置いて、薄い壁に魂之介は背をもたれさせる。

「知っておるか、忠吉」

急に明るい表情になって、魂之介は言った。

「権現様はな。三方ケ原の合戦で九死に一生を得た後、面窶《おもやつ》れした惨《みじ》めな御自身の姿を画に描かせた。そして、慢心しそうになる度に、その画を見て、自戒されたという。わしは、権現様にまつわる逸話では、これが一番好きでな。出世した自分の姿を描かせる武将は山ほどおるだろうが、敗走した自分を描かせる者が、権現様の他にあろうか」

「そうですね、珍しいでしょうねえ」

「そんな権現様を守って、鑓《やり》を振るっていた御先祖が羨《うらや》ましい。わしも、戦国の世に生まれたかった」

魂之介は、しみじみと言う。

「実はな。御墨付を盾《たて》に上様に諫言を終えたら……わしは、その場で腹を切るつもりだった。御墨付の御加護で生き延びるつもりは、さらさらなかった。まさか、将軍家が一言もおっしゃらずに退出されるとは思わなんだ……豪木魂之介、見事に死に損《そこ》なったよ。今のわしは、蟬《せみ》の抜け殻同然だ」

そう言って、魂之介は腕組みをして目を閉じた。

忠吉は、何と言っていいかわからなくなった。しばらくの間、憂《うれ》いの深い立派な顔を見ていたが、

「あの……お殿様」

「ん……」

「あっしのような者には、お侍の世界の難しい事情はわかりかねますが……お殿様が腹を切らなかったお陰で、お遼姐御《あねご》はひどい目にあわなくて済んだし、閻魔一家も潰れたも同然です。人斬り屋の佐々岡十郎を斬っていただいたんで、これから奴に斬られるかも知れなかった何人もの命が救われたでしょう」

「……」

「だから、あっしたちは、その……お殿様が浪人になってくださったんで、何と言いますか、本当にありがたいと思ってますんで。へい」

言葉を選びながら、忠吉は、そう言い終えた。

魂之介は、ゆっくりと双眸《そうぼう》を開いて、

「嬉しいことを言ってくれるのう、忠吉氏」

穏やかな微笑が、その顔に広がる。

「お殿様、忠吉氏はいけねえ。何だか、背中がむずむずしまさあ。忠吉とか忠公とか、さらっと呼び捨てにしておくんなさいよ」

「では、忠吉」と魂之介。

「改めて訊くが……壱楽寺で佐々岡浪人に飛びついてくれたのは、どういうわけだな。知り合ったばかりのわしのために、どうして命賭けで加勢してくれたのだ。凶刃《きょうじん》を怖れずに身を捨てるなど、なまじの武士にもできぬ真似《まね》だが」

「そりゃ、お殿様。言葉で説明するのは難しいけど……あっしは、お殿様が好きになっちまったんですよ。夜鷹の姐御を何の分け隔《へだ》てもなく助けてくれたという、お殿様が」

「そうか、そうか。御先祖が権現様を助けたように、わしはお前に助けられた――」

魂之介は、卓に置いた盃をとって酒を飲み干すと、それを忠吉の前に差し出した。

「どうだ。固めの盃をしようではないか。主従の盃ではない、友情の盃だ」

「へ、へいっ」

感激した忠吉は、両手で盃を捧げ持つようにする。そこへ、魂之介は、銚子の酒を注いでやった。

冷えた安酒を、まるで甘露《かんろ》のように飲み干した忠吉は、

「ありがてえ、ありがてえな。元は千二十石の大身旗本のお殿様が、俺のような

吹けば飛ぶような遊び人を、友達だなんて言ってくださる」

　手拭いを取りだして、

「この固めの盃は、高麗鼠の忠吉、家宝ってやつにさせてもらいますぜ。一生、大切にしますよ」

「――忠吉」

「はい？」

「盃をそこに置け」

「こうですかい」

　忠吉は、素直に盃を卓の上に置いた。

　次の瞬間、岩のような魂之介の拳《こぶし》が、卓に叩きつけられる。下敷きになった盃は、粉々に割れ砕けた。

「ひゃっ」仰《の》けぞった忠吉は、

「ど、ど、どうしたんです。お殿様。何で、固めの盃を割っちまったんですかっ」

「忠吉。盃などというものは、こんな風に容易《たやす》く砕ける」

　魂之介は、にっこりと笑った。

「だが、漢と漢の本当の友情は天地が裂けても砕けるものではない。そうであろう」

「お……お殿様ァ」

忠吉は、童《わらべ》のようにぽろぽろと涙をこぼした。

「うむ、漢の涙も良いものだ。今宵は飲み明かすことにいたそう。なあ、忠吉」

晴れ晴れとした表情でそう語る、天下御免の素浪人——大江戸豪剣侍の豪木魂之介であった。

第二話　豪剣侍、美女幽霊に会う

第一章　血まみれ乳房

一

「——豪木《ごうき》のお殿様。面白い話があるんですがね」

「どういたした、忠吉《ちゆうきち》。道端で白猫でも見つけたのか」

「なるほど、尾も白い……駄目ですよ。下《さ》げを先に言われちゃ、落とし噺《ばなし》にならねえ」

高麗鼠《こまねずみ》の忠吉は、片手で蠅《はえ》を追い払うような仕草《しぐさ》をしたが、

「いや、そうじゃねえんだ。何もせずに十両になるという、濡れ手で粟《あわ》の旨い話があるんです」

そこは——湯島《ゆしま》の伝助《でんすけ》長屋である。

片側六軒、両側で十二軒の典型的な裏長屋で、その一番奥が忠吉の宅だ。

大江戸豪剣侍こと豪木魂之介《たまのすけ》は、この宅に掛人《かかりうど》となっているのだった。

もっとも、六畳と四畳半の二間《ふたま》のうち、六畳が魂之介の部屋、入口前の四畳半が忠吉の部屋である。

忠吉が連れ帰った浪人を見て、長屋の連中は驚いた。

陽に焼けた赤茶けた古畳でも、魂之介が座っていると新品の備後表《びんごおもて》に見える。綿がぺしゃんこになった古い煎餅《せんべい》布団でも、魂之介が寝ていると錦《にしき》の夜具に見えるから、不思議だ。

生まれついての大身《たいしん》旗本の気品というか威風というか、周囲の者に自然と伝わる何かがあるのだろう。

長屋のおかみさん連中が、魂之介の尊顔《そんがん》を拝するために代わる代わる飯やおかずを持って来てくれるので、忠吉まで食事に不自由をしなくなった。

しかも、「伝助長屋には、元旗本だった強い御浪人が住んでいるらしい」と聞いて、色んな人間が揉め事、悩み事の相談に来る。

その中から、相手が善意の被害者と判断のついた件にだけ、魂之介が乗り出した。

強請《ゆす》り集《たか》りのやくざ、ごろつきなどは、たちまち魂之介に往来へ放り出されて、退散することになる。無頼《ぶらい》浪人も、峰打ちで腕の一、二本を叩き折られて、逃げ出すのだ。

その後は、相談相手から礼金を受け取るのが、忠吉の役目。魂之介の方は客間に通されて、恭《うやうや》しく運ばれた膳を前にして悠然と飲むだけである。

お殿様を自分の長屋に連れて来たはいいが、どうやったら三度三度の飯を不自由なく提供できるか——という忠吉の当初の悩みは、幸いにも杞憂《きゆう》だったのだ。

老中筆頭の水野出羽守《みずのでわのかみ》が三百諸侯の目の前で豪木魂之介にぶん殴られ、投げ飛ばされた——という事実は、あまりにも重大な醜態《しゅうたい》なので、さすがに厳重な箝口《かんこう》令《れい》が敷かれたらしい。そのままの形では、世間には広まらなかった。

ただ、諸物価高騰と賄賂《わいろ》政治の元凶である水野出羽守が、どこかの寺社の石段から転げ落ち、したたかに腰を打って寝こんでいる——という噂が流れて、庶民が「神仏の罰があたったんだ」と溜飲《りゅういん》を下げただけである。

拝領屋敷から勝手に出て裏長屋住まいの素浪人となった豪木魂之介に対して、公儀《こうぎ》からの咎《とが》めもなかった。

幕府としては、何事もなかったことにしたいのかも知れない。

そんなこんなで一月《ひとつき》以上が過ぎて、初夏の昼下がり——忠吉が聞きこんで来たのは、何と幽霊話であった。

仙台堀《せんだいぼり》に面した深川冬木町《ふかがわふゆきちょう》、そこに空き屋敷がある。元は、和泉屋《いずみや》という材木商の寮——といえば聞こえは良いが、実態は妾宅《しょうたく》だった。

その和泉屋久兵衛《きゅうべえ》が、大金を払って吉原《よしわら》遊廓の桃園《ももぞの》という華魁《おいらん》を身請《みう》けし、妾《めかけ》にしたまでは良かった。名は、お園《その》とした。

耳の遠い老婆《ろうば》と山出《やまだ》しの下女《げじょ》のお松《まつ》が同居して、月に何度かは旦那が通って来るという、お定まりの妾暮らしである。

ある日、久兵衛が気まぐれに訪れると、生憎《あいにく》、お園は老婆を連れて寺参りに出かけて留守だった。

茶を飲みながら、お園が帰って来るのを待っていた久兵衛旦那、つい出来心で十五歳の下女に手をつけてしまった。本人は、「鯛《たい》ばかり食べていると、たまには目刺《めざ》しも喰いたくなるのさ」と商売仲間に語ったという。

そして、久兵衛は、お園の目を盗んで何度かお松と関係を持った。

だが、やはり、閨《ねや》の業《わざ》の巧みさ、床業《とこわざ》の濃厚さでは吉原上がりの妾の方が文句なく上である。月と鼈《すっぽん》である。

たまに小遣いを渡すくらいで、旦那は、さっぱりお松を相手にしなくなった。

だが、男の味を教えこまれてしまったお松の方は、放置されては堪《たま》らない。前《さき》にも説明したが、この時代の十五歳は、現代でいえば二十代前半に相当するのだ。欲望の盛んな時期である。

閨寂しさに思いつめたお松は、ついに、お園の食事に毒を盛った。お園がいなくなれば、自分が妾に昇格できると思いこんだらしい。

焼けつくような胃の腑《ふ》の異変に、お園は毒を盛られたことに気づいた。前々から久兵衛旦那とお松の関係が怪《あや》しいと見ていたお園は、藻掻《もが》き苦しみながら台所へ飛びこんだ。そして、包丁を手にして、お松に襲いかかったのである。

必死で抵抗する下女と、口から黒血を垂らしながら悪鬼《あくき》の形相《ぎょうそう》になった妾——包丁はお松の左胸を抉《えぐ》り、お園もまた毒が完全にまわって息絶えた。

報《しら》せを聞いて駆けつけた久兵衛は、二人の女の死に顔の凄絶《そうぜつ》さ無惨《むざん》さに正気を失って、そのまま庭の柿の木で首を吊ってしまった。

その一部始終を見ていた老婆は、あまりの精神的打撃のためか寝たきりになってしまったという。

こうして三人の死者を出した屋敷は、売りに出しても誰も買い手がつかず、六年の月日が流れた今まで、朽《く》ちるままにされて来たのである……。

「その屋敷にね、幽霊が出るそうです。それも、滅法綺麗《めっぽうきれい》な女の幽霊が」

「滅法綺麗ということは、元は吉原遊廓の華魁であったという、お園という妾の幽霊なのか」

黒羽二重《くろはぶたえ》の着流し姿の魂之介が、訊《き》いた。

裏庭に続く障子《しょうじ》は、開け放してある。一年で最も気持ちの良い季節で、陽射しも穏やかだ。

「そりゃ、そうでしょう」と忠吉。

「十五の山出しの幽霊じゃあ、怪談にならねえ。せいぜい、落語の種《ネタ》がいいところだ」

「で、その幽霊を見た者がおるのか」

「深川佐賀町《さがちょう》に、信濃屋《しなのや》って油商の大店《おおだな》があります。そこの隠居は俳句が趣味で、三日前の夜、木場《きば》町の料理茶屋で開かれた句会に参加したそうで。帰りは駕籠《かご》にすればいいものを、十日月が風流だとかわけのわからねえことを言って、丁稚《でっち》小僧一人を連れて歩いて帰ったんですね」

――そして、冬木町の和泉屋の空き屋敷の前を、隠居と丁稚小僧が通りかかった時、どこからともなく女の啜《すす》り泣きの声が聞こえてきた。

隠居だけではなく、小僧も、確かに啜り泣きの声を聞いたという。もしやと、土塀の崩れたところから空き屋敷の様子を窺《うかが》うと、広い庭の柿の木の下にふわりと浮かんだのは白い着物を着た血まみれの女だ。散らし髪で着物の前ははだけられ、血に濡れた片方の胸乳《むなぢ》が見えていたという。しかも、その着物が青白く光っていた。

悲鳴を上げた隠居は、腰を抜かして臀餅《しりもち》をついた。小僧は逃げ出したが、すぐに隠居が動けないでいることに気づいて、感心なことに戻って来た。

そして、隠居に肩を貸して、何とか海辺橋《うみべばし》の袂《たもと》まで来ると、運の良いことに空《あ》き駕籠が通りかかった。

その駕籠で佐賀町の店に帰り着いて、医者に往診してもらうと、隠居はぎっくり腰を起こしていることがわかった。

老人のことなので、一月くらいは安静にしないといけないという……。

「――さあ、悔しいのは、その隠居だ。せっかく風流で良い心持ちになっていたのに、その女幽霊のせいで一月は寝たっきり。好きな句会にも行けない。こいつァ、お乳の片っ方を見せてもらったくらいじゃあ、割が合わねえ」

忠吉は、憤慨の表情を見せる。

「最後の文句は、隠居ではなく、そなたの感想だろう」

「へへへ。まあね」

魂之介の指摘に、頭を掻く忠吉だ。

「でね。あんまり悔しいから、幽霊退治をしてくれた者には、褒美《ほうび》として十両出すといううです」

「わしに、幽霊を退治しろというのか。それは安倍《あべ》家《け》とか土御門《つちみかど》家の領分だろう」

「だから、お殿様。何もしなくていいんですよ。幽霊なんかいるわけがない。きっと、柳の枝に襤褸《ぼろ》布《きれ》か何かが翻《ひるがえ》っていたのを見て、腰を抜かしたんでさあ」

「青白く光っていたというが」

「月の光の加減で、そう見えたんですよ。何しろ、肝《きも》の小っちゃい年寄りと小僧っ子の言うことですからねえ」

軽く断言する、忠吉であった。

「とにかく、適当に退治の真似事《まねごと》をしたら、十両だ。さっそく、出かけましょうや」

「そう簡単にいくかどうか、わからぬが」

魂之介は大刀を手にして、気さくに立ち上がった。

「暇潰《ひまつぶ》しには持ってこいの話だ。深川へ行ってみよう——」

二

「ん？　何だ、貴様は」

髭《ひげ》の浪人者が、豪木魂之介と忠吉を見て言い放った。人相の悪い奴である。

深川冬木町にある和泉屋の空き屋敷の前だ。

道の左手は土堤《どて》で、仙台堀に面した河原には、青々と雑草が伸びていた。

右手には、空き屋敷の表門がある。

その前に、髭浪人がうろうろしていたのだった。

「人に姓名を尋《たず》ねる時は、まず、自分から名乗るのが礼儀だが、そのように父母から教えられなかったのかな。不憫《ふびん》な奴じゃ」

悠然と切り返す、魂之介であった。

「何だと、志垣《しがき》道場の者と知っての暴言かっ」

気短なことに、その浪人は、早くも大刀の柄《つか》に手をかけた。

「どうした、馬場《ばば》っ」

「何かあったのか、鉄之助《てつのすけ》っ」

門の中から飛び出して来た三人は、やはり浪人者で、どいつもこいつも善人とは言い難い人相である。

「おう、佐伯《さえき》、宮島《みやじま》、鈴村《すずむら》。聞いてくれ。この男が、我が志垣道場を愚弄《ぐろう》したんだっ」

「それは許せんなっ」

小太りの佐伯浪人が、頰肉《ほほにく》を震わせて怒る。

「江戸にいて志垣玄蕃《げんば》先生の雷名《らいめい》を知らないとは、貴様、どこの馬の骨だ」

下駄のような四角い顔をした宮島浪人が、嘲《あざけ》った。

「ひょっとして、偽侍《にせざむらい》じゃないのか。近頃は、増長した町人が侍の真似をして喜んでいると聞いたぞ」

背の低い鈴村浪人が、下から掬《すく》い上げるように魂之介を睨《にら》みつけて、言った。

「おい、忠吉。この者どもは何を申しておるのだ」

「へい、お殿様」

忠吉は魂之介の巨軀《きょく》の蔭に隠れて、顔だけ突き出しながら、

「本所《ほんじょ》の外れにある黄道流《こうどうりゅう》志垣道場は、近在の者から地獄道場と呼ばれるほど評判が悪いんですよ。内弟子とは名ばかりの無頼浪人が集まって、悪い事のし放題……」

「こら、町人。今、何とぬかしたっ」

仲間が三人いることで気が大きくなっているのか、髭の馬場浪人は、忠吉の襟《えり》元《もと》に右手を伸ばす。

その手首を、むんずと左手で摑《つか》んだのは、魂之介であった。

「む……は、放せっ」

馬場鉄之助は、吠えた。

が、巨石の下敷きになったかのように、彼は右腕を引くことができない。途方もない、魂之介の握力であった。

「お主《ぬし》たちが――」

魂之介は平然とした表情で、馬場浪人のむさ苦しい顔を見つめながら、ぎりぎりと強く握り締める。

「諸人《しょじん》を苦しめているというのは、真実か。真っ当な暮らしをするつもりは、ないのか」

「お、おい…助けてくれっ……うぎゃあっ」

悲鳴を上げて、馬場浪人は勢いよく臀餅をついた。その右手が、信じられない角度で曲がって、ぶらぶらと揺れている。

あろうことか、魂之介は、無頼浪人の尺骨《しゃっこつ》を握り潰したのであった。剣聖といわれる宮本武蔵《みやもとむさし》は青竹の節《ふし》をも握り潰したというが、それに匹敵する握力である。

「手……俺の手……俺の右手が………」

陸に上げられた鯉《こい》のように、馬場浪人は、口をぱくぱくさせる。

「やりおったなっ」

宮島浪人が抜刀した。真正面から、魂之介に斬りかかる。

魂之介は流れるように横へかわして、その足を強く払った。

「ぶぎゃっ」

両足が浮いて、顔面から地面に叩きつけられた宮島は、鼻が潰れてしまう。大刀は、どこかに吹っ飛んでしまった。

「ぬおおォーっ」

鈴村浪人が、諸手突《もろてづ》きで突っこんで来た。

魂之介は、あっさりと相手の大刀をもぎ取る。その大刀を捨てると、帯の後ろを摑んで、高々と頭上に持ち上げた。

「こら、何をするか、下ろせっ」

仰向《あおむ》けに持ち上げられた鈴村は、亀の子のように手足をじたばたと動かした。

「下ろして欲しいのだな……それっ」

魂之介は、相手の軀《からだ》を空樽《あきだる》のように軽々と放り投げた。土堤下の河原に落ちた鈴村は、気絶したのか、そのまま動かなくなる。

「さて――」

最後に一人だけ残った佐伯浪人の方へ、魂之介は振り向いた。

「く、来るな、寄るなっ」

蒼白《そうはく》になった佐伯は、正眼に構えた大刀を上下に小刻みに振りながら、

「寄らば斬るぞ、わしは本気だぞっ、死にたくなければ寄るなっ」

「……」

無造作に近づきながら、魂之介は抜刀した。

き――んっ、と甲高《かんだか》い金属音がして、佐伯浪人の刀身が数間先《すうけん》まで吹っ飛ぶ。

佐伯が握っているのは、大刀の柄と鐔《つば》だけであった。

刃身は、魂之介の剣が鍔元から叩き折ったのである。

「うひゃ、らはあァっ」

訳のわからぬ不可解な叫びを上げて、刀の柄を放り出した佐伯浪人は、木場の方へ走り去った。特急便の飛脚が務まりそうなほどの、見事な足の速さであった。

「騒々しい奴らだ」

路上の馬場浪人や宮島浪人に構わず、魂之介は門の中へ入った。

「へい、へい。本当ですねえ」

邪魔にならないように、少し離れた場所で見守っていた忠吉も、いそいそと魂之介の後に続く。

空き屋敷の門は、安土門《あづちもん》であった。上土門《あげつち》ともいう。平たい屋根板のうえに土を盛る形式だが、この門は土ではなく檜皮葺《ひわだぶ》きにしている。

しかも、土塀《どべい》なのだ。安土門も土塀も、寺院や武家屋敷の建築方法である。町人の屋敷は板塀が原則だが、妾宅を安土門と土塀にしたことから、これを建てた和泉屋久兵衛の奢《おご》りがよくわかる。

大金を摑んだ者が最も偉いというのが、この享楽の時代の風潮であった。

敷地は八百坪もあろうか。母屋《おもや》は百数十坪くらいで、裏には土蔵があった。広い庭には泉水も築山《つきやま》も東屋《あずまや》も、茶室まである。

無論、荒れるに任せたままだから、庭には草が茂り放題だ。「わしの元の拝領屋敷と大して変わらぬほどの広さだな。金の力というのは凄いものだ」

少し呆《あき》れたように、魂之介が言う。

「でも、お殿様。どんなに金を貯めこんでいても、妾と下女が殺し合いをした挙げ句に自分は首を括《くく》ったんじゃあ、しょうがありませんや」

「ははは。その通りだな、忠吉」

魂之介は、仙台堀に面した土塀の崩れているところを見て、

「あそこから隠居たちが覗きこんだのか。美女幽霊が出たというのは……あの柿の木の辺りか」

低い竹垣の向こうに、高さ三丈《じょう》――九メートル以上の柿の木があった。そこへ、魂之介は足を運ぶ。

「青白く光る幽霊が、のう……」

魂之介は屈みこんで、その辺りを調べてみた。

「お殿様。何かありましたか」

「うむ……」

はっきりとは答えずに、魂之介は立ち上がった。そして、雨戸を閉め切った母屋の方へ歩き出す。

「あの地獄道場の者どもは、こんな空き屋敷に何をしに参ったのだろう」

「大方、褒美の十両欲しさに本所からやって来たんでしょうよ。幽霊退治をしたという証拠をでっち上げて、信濃屋に押しかければ、小判が十枚――割りのいい稼ぎでさあ」

「なるほどな」

幸い、玄関の格子戸《こうしど》は開きっ放しだったので、そこから土足のまま玄関の間へ上がった。

部屋数は、八つだ。妾宅というよりも、家族単位で泊まれる寮――つまり、別宅の規模である。

妾と下女の相互殺人の惨劇のあった台所には、黒い染みが残っていた。当時の血の痕《あと》であろう。

「あ、あんまり、気持ちのいいもんじゃありませんね」

幽霊なんかいるわけがない――と大言壮語《たいげんそうご》していた忠吉が、蒼《あお》い顔で言う。

「よし」魂之介はうなずいて、

「今夜、遅くに出直して参るぞ。子《ね》の上刻《じょうこく》くらいにな」

大きな声で、楽しそうに言った。

子の上刻――午前零時である。

「な、何を言ってるんですか、お殿様っ」

忠吉は震え上がった。

「明るくても、こんなに薄気味悪いのに、真夜中だったら……勘弁してくださいよっ」

「幽霊が出る時分に来なければ、幽霊退治はできぬではないか」

笑みを浮かべて、魂之介は言う。

「厭《いや》なら、お前は長屋で留守番しているがいい。わしは独《ひと》りでも、参るぞ」

三

「――お武家様。こんな夜更《よふ》けに、どこへ行かれるんですか」

深夜、仙台堀に面した通りである。小川橋《おがわばし》の手前で魂之介に声をかけてきたのは、婀娜《あだ》っぽい女であった。

年齢は二十二、三、髪を松葉返《まつばがえ》しに結《ゆ》っている。片襷《かたたすき》をして赤い前垂れをつけ、手提箱《てさげばこ》を提《さ》げていた。

「わしか。和泉屋の空き屋敷に、幽霊退治に参るところだ」

平然として答える魂之介だ。高麗鼠の忠吉は、一緒ではない。

「まあ、勇《いさ》ましい。幽霊が恐ろしくはございませんの」

「わしは、幽霊よりも人間の方が恐ろしいと思っている。夜道で出会う美しい女《にょ》人《にん》は、特に恐ろしい」

「あら、まあ。おほほほ」

女は、笑って受け流す。襟元が緩いので、大きな乳房の谷間が見えていた。

「わたくしは、怪《あや》しいものじゃございません。菊《きく》と申しまして、提重《さげじゆう》をしております」

「提重とは何かな」

お菊という女と一緒に小川橋を渡りながら、魂之介は訊いた。

「お武家様の屋敷の中間《ちゆうげん》部屋やお寺をまわって、重箱の菓子や稲荷寿司《いなりずし》を売るんです。重箱を入れた手提箱を提げるから、提重」

「なるほど」と魂之介。

「しかし、こんな夜更けに――と言ったのは、その方《ほう》だ。菓子や寿司を売り歩くには、遅すぎるのではないか。もうすぐ、子の上刻であろう」

「普通ならそうですが、わたくしは、木場で開かれている賭場《どば》へ酒の肴《さかな》を売りに行くつもりですの。賭場なら、これからが本番ですから」

「ああ、そうらしいな」

一月以上前に下谷《したや》の壱楽寺《いちらくじ》で開かれていた賭場を潰した経験から、魂之介はうなずいた。

「でも、お武家様にお会いして気が変わりました。わたくしも、幽霊退治に連れて行ってくださいな」

「その方は、変わっておるなあ。女だてらに幽霊退治がしたいのか」

「退治するのは、お武家様。わたくしは、その雄姿を見てみたいの」

「ふうむ……」

「肴は、卵焼きと切り干し大根の煮付け。お酒もありますのよ。幽霊が顔を出すまで、お酌《しゃく》させていただきますわ」

「よかろう。好きにするがいい――」

魂之介はお菊を連れて、安土門から空き屋敷へ入った。

庭に面した十畳間の縁側《えんがわ》に腰を下ろして、魂之介は、柿の木を眺める。

並んで座ったお菊は、手提箱から肴を入れた重箱や箸を取り出した。五合徳利《どっくり》と二つの猪口《ちょこ》も出して、二人の間に並べる。

重箱の蓋《ふた》を引っ繰り返して皿代わりにすると、お菊は卵焼きと切り干し大根と油揚げの煮付けを取り分けて、二つの猪口に酒を注いだ。

それから、猪口を手にして、にっと微笑《ほほえ》む。

「狐《きつね》の化けた奴と疑われると厭《いや》だから、お毒味しますね」

きゅっと猪口を干した。そして、卵焼きと煮付けも一口ずつ食べる。

魂之介は、黙って女を見ていた。

「どう？　美味《おい》しゅうございますよ」

お菊は艶然《えんぜん》と微笑んだ。

「そのようだな」

魂之介が猪口を手にすると、どこからともなく鐘《かね》の音が聞こえてきた。

「子の上刻か――――」

魂之介は夜空を見上げた。お菊も空を仰いで、

「八幡様《はちまんさま》の鐘ですかね」

永代寺《えいだいじ》の境内《けいだい》にある富ヶ岡《とみがおか》八幡宮には、時の鐘が置かれているのだ。

「そのようだ……む、悪くない酒だな」

魂之介は、空になった猪口を置いて、箸を手にした。卵焼きを口に運んで、

「これは、小海老《こえび》の擂《す》り身を入れてあるのか。賭場の客に売るにしては、凝《こ》っておるのう」

「だって、稲荷寿司だの安いものは、最初から賭場に用意してあるでしょう。それに、賭場には、遊び人やごろつきみたいな奴らばかりじゃなくて、お金持ちの旦那とか御隠居とか舌の肥《こ》えた客も来るんです。そういう人たちが喜ぶような、ちょっと手をかけた肴を持って行くと、よく売れるんですよ」

「なるほど。どんな商いにも、工夫というものはあるのだな」

「それに……」

女は媚《こ》びるような目で、魂之介を見た。

「提重は、肴や酒以外にも売るものがありますから」

「肴や酒以外に、か」

「ええ」

お菊は、裾前《すそまえ》を直すようなふりをして、左足の脛《すね》を見せる。その足をゆっくり

と開いて、脂がのった白い内腿《うちもも》まで見せた。

実は、提重は、夜鷹《よたか》と同じように私娼《ししよう》の一形態である。食べ物を売るという名目で、町奉行所の警察権の及ばぬ武家屋敷や寺社に入りこみ、軀を売っているのだ。

「その売り物、しばし待て」

「あら……わたくしでは、お気に召《め》しませんか」

「そうではない」

魂之介は、脇に置いた大刀を手にして、

「今夜の眼目《がんもく》は、まずは幽霊。その方のことは、幽霊を退治してからの話だ」

「本当に出ましょうか」

「出る、必ずな」

にやり、と魂之介は嗤《わら》った。

「見ろ。お出ましだ」

「え……」

柿の木の方を見たお菊は、はっと息を呑んだ。

十三夜《じゆうさんや》の月に照らされて、青白く光る女が、そこに立っていたからだ。

はだけた胸元から右の乳房を見せ、恨《うら》みがましい眼で、じっとこちらを見ている。その乳房は、血にまみれていた。

「出おったな」

大刀を左手に下げて、魂之介は立ち上がった。そして、つかつかと柿の木に近づく。

「現世に残しておるのは、未練か、恨みか。この豪木魂之介の刃《やいば》で、見事に成仏《じょうぶつ》させてやろう」

そう言って、大刀の鯉口《こいぐち》を切った魂之介だが、

「む……こ、これは？」

急に右手で胸元を押さえ、顔をしかめて呻《うめ》くように言う。

そのまま、魂之介は、朽《く》ち木のように地面に倒れこんだ。

第二章　ふたり嬲《なぶ》り

一

「死んだの、お菊さん」

　血まみれの〈幽霊〉が、動かなくなった豪木魂之介を見下ろし、冷たい口調で言った。

「死にゃあしないよ、お仲《なか》ちゃん」

　ふてぶてしい口調で、お菊が答える。

「闇《やみ》医者から買った無味無臭の眠り薬だよ。忍《しの》び者《もの》が使うものだってさ。酒に仕込まずに、猪口《ちょこ》の内側に塗っておいたのが、こっちの策さ。毒味してみせたら、安心して騙《だま》されやがった。朝になったら、この助兵衛《すけべえ》野郎は馬鹿面《づら》をして眼を覚ますだろうよ」

「上手く行って、良かったわね」

「ふん」

お菊は、下駄の先で魂之介の軀《からだ》を蹴って、

「あたしの色香に迷って騙されるような助兵衛浪人は殺した方が簡単だけど、死んじまったら町方《まちかた》が乗り出して来て、うるさいからねえ。幽霊騒ぎでおさまっているうちに、早く、あれを見つけないと……」

「本当に、どこにあるのかしら。あれは……」

幽霊のお仲が首を傾《かし》げた時、

「――俺たちが見つけてやろうじゃねえか」

突然、闇の中から現れた者がある。

黒装束《くろしようぞく》の二人の男だ。黒い小袖《こそで》の裾《すそ》を臀端折《しりつぱしよ》りにして、黒の腹掛けに黒の川並《かわなみ》と足袋《たび》、そして黒の手拭《てぬぐ》いで頬被《ほおかぶ》りをしている。

「あっ、宗助《そうすけ》……幸三郎《こうざぶろう》っ？」

お菊は、お仲を庇《かば》って身構えた。懐《ふところ》に右手を入れる。

「久しぶりだなあ、お菊。女っぷりが上がったじゃねえか」

眉が薄い男が、大きな目玉をぎょろつかせて言う。こいつが、宗助であった。

「お仲も、五年前には案山子《かかし》みてえに瘦《や》せっぽちの小娘だったのに、乳は人並みに育ったようだな」

にやにやしながら、色白の優男《やさおとこ》が言った。こいつが幸三郎である。

「うるさいっ、見るなら金を払いなっ」

お仲は急いで腕で胸を隠すと、毒づいた。

「威勢がいいな、お仲」と幸三郎。

「だがな。左手の指を一本ずつ斬り落とされても、そんな立派な口がきけるかな。俺たちは、辰巳《たつみ》のお頭《かしら》から、必ずお前たちの口を割らせろと命令されてるんだ」

「辰巳の甚左《じんざ》……御父《おと》っつぁんの片腕だったくせに、あの裏切り者っ」

悔しそうに、お仲が言う。

「馬鹿め。素直に三千両を隠した場所を白状しねえと、二人とも、この世の中に生まれたことを後悔するくらい酷《ひど》い目にあうことになるぜ」

宗助も、陰惨《いんさん》な目つきで二人の女を睨みつける。

「ちきしょう、お頭の仇敵《かたき》っ」

お菊は、懐から抜いた匕首《あいくち》を逆手《さかて》に構えて、宗助に立ち向かった。

「ほれっ」

にやにや笑いながら、宗助は、ひょいと匕首の刃《やいば》をかわした。そして、お菊の右手首を摑《つか》んで関節を極《き》めてしまう。

これで、お菊は右腕を伸ばした姿勢で、動けなくなった。

「う……お仲ちゃん、逃げてっ」

お菊が叫ぶと、お仲が躊躇《ためら》いながら、安土門の方へ走ろうとした。が、その前に、さっと素早く幸三郎が立ちふさがる。

「へへへ。逃がしゃしねえよ」

そして、お仲の散らし髪を摑むと、

「指を一本ずつなんて、まどろっこしいやね。手始めに、片目を刳《く》り貫いてやろうか、幽霊として箔《はく》がつくぜ」

優男のくせに、とんでもなく残忍なことを言う奴であった。薄い唇を歪《ゆが》めて、嗜虐的《しぎやくてき》な笑みを浮かべている。

「ひいいっ……だ、誰か、助けてえっ」

お仲は悲鳴を上げた。乱れた襟元《えりもと》から、形の良い乳房が揺れるのが見える。

「ははは。馬鹿な女だ。こんな真夜中に、どこの誰が助けに来るってんだよ」

幸三郎が、せせら笑うと、

「――どれ。わしの出番かな」

男たちの背後で、ゆっくりと立ち上がったのは、意識のないはずの豪木魂之介であった。

「あっ、てめえは!?」

「一服《いっぷく》盛られたんじゃなかったのかっ」

幸三郎と宗助は、口々に叫んだ。

「あの猪口から酒を飲んだのに……」

お菊も、信じられないという表情になる。

「残念だが、猪口の酒は懐に用意した手拭いが吸ってくれたよ。お前が鐘の音に気を取られた隙《すき》に、な」

にっこりと笑う、魂之介だ。

「てめえは何者だっ」

宗助が吠える。

「わしか――姓は豪木、名は魂之介。お前たちのような毒虫を許さぬ、天下御免の大江戸豪剣侍だ」

魂之介は、堂々と名乗りを上げる。

「ふざけやがって……」

凶暴な表情になった幸三郎が、匕首を腰だめにして、体当たりするように魂之介に突きかかった。

その突きを難なくかわした魂之介は、手刀を水平に相手の喉元へ叩きこむ。

「ぐへァっ」

幸三郎は匕首を放り出して、臀餅《しりもち》をついた。喉を潰されたので、呻《うめ》き声を洩《も》らしながら、苦しむ。

「こ、この野郎っ」

仲間をやられた宗助は、お菊の匕首をもぎとって、彼女を突きのけた。そして、その匕首を魂之介に投げつけた。

「むっ」

大刀を抜き様、魂之介は、その匕首を叩き落とした。そして、片手正眼で切っ先を宗助に向ける。

「どうした。来ぬか」

「う……」

宗助は、月光で見ても明らかなほど、蒼白《そうはく》になった。相手が尋常の強さではないと、ようやく気づいたのである。

「女をいたぶっていた時の威勢の良さは、どうした。お前は、弱い者しか相手にできぬのか」

「た、辰巳のお顔に逆らった奴は、長生きできねえんだぜっ」

「それは脅《おど》しのつもりか」

すっ……と魂之介は静かに前に出た。

「わあっ」

あわてて、宗助は半間《はんけん》ばかり跳び退《さ》がった。

「逃げるつもりなら、忘れ物だ。仲間の面倒くらい、みてやれ」

魂之介は苦笑する。

宗助は、まだ苦しんでいる幸三郎を助け起こすと、一目散に逃走した。

「歯応えのない奴らじゃ……」

魂之介は、大刀を鞘《さや》に納めた。

それが合図だったかのように、お菊とお仲は、手に手を取り合って逃げようとした。

が、流れるような動きで、魂之介は二人の前に立ちはだかった。

「っ！」

あっと息を呑んだ二人の鳩尾《みぞおち》に、魂之介の両の拳《こぶし》が突き刺さる。

二人の女は声もなく、くたくたと、その場に崩れ落ちた。

「さて」魂之介は首を捻《ひね》った。

「どうしたものかな、この二人は――」

二

「うぅ………」

お菊が呻いた。そして、ゆっくりと目を開くと、眼前にお仲の顔があるのに気づく。

「お仲……ちゃん？」

自分が全裸で拘束されていると知って、お菊は愕然《がくぜん》とした。

しかも、とんでもない格好になっている。同じく全裸のお仲と、向かい合わせに縛《しば》りつけられているのだ。

お菊が上になって、下になったお仲の首を両腕で抱いている。お仲もまた、お菊の背中に両腕をまわしていた。お仲の形の良い胸乳《むなぢ》とお菊の豊かな胸乳が密着している。

そして——お菊の両足は跪《ひざまず》くような形に曲げられて、お仲の脇腹に接していた。

さらに、お仲の両足は、お菊の腰に絡みついている。

二人の両手首とお仲の両足首は、彼女たちの細帯《ほそおび》で縛られていた。

「お菊さん、これは一体……」

お仲も目覚めて、当惑顔であった。

つまり、お菊とお仲は互いに抱きしめ合った形で、臀を突き出しているのだ。後門も秘部も、女の見えてはいけないものが丸見えという、あられもない格好である。

お菊の花園は暗赤色で、花弁は肉厚だ。火炎型の恥毛が、その花園を飾っている。放射状の皺《しわ》がある後門は、薄茶色をしていた。

下になっているお仲は、紅色をした花園に帯状の薄い恥毛が生えている。後門は、蜜柑色《みかんいろ》だった。

「なんの真似《まね》だいっ」

お菊は吠えた。吠えた相手は、座敷の隅で酒を飲んでいた豪木魂之介である。

そこは、空き屋敷の中の十畳間で、庭の柿の木が見える部屋だ。魂之介とお菊は、先ほど、この十畳間の縁側で酒を飲んでいたのだった。

二人の女の衣類は、片隅にまとめてある。お仲が着ていた肌襦袢《はだじゅばん》が、ぼんやりと青白く光っていた。

「――いや、他でもない」

猪口を置いて、魂之介は言った。彼の脇には、納戸《なんど》で見つけてきた行灯《あんどん》が置かれている。

「先ほどの三千両がどうこうという話を、詳しく聞かせてもらおうと思ってな。己《おの》れの置かれた立場を理解すれば、喋《しゃべ》りやすかろうと、その格好になってもらったのだ」

「てめえも、金が目当ての野良犬か。殺されたって、喋るもんかっ」

喰いつくように激しい口調で、お菊は言った。

「そのお仲という娘が、夜光虫の粉をふりかけた肌襦袢を着て幽霊のふりをして、信濃屋の隠居を脅《おど》かした……夜光虫の粉は、月の光を吸って青白く光るからな。残念ながら、わしは昼間、柿の木の根元を調べて、その粉を見つけてしまったよ」

しかも、六年間も人が住んでいなかったはずなのに、屋敷の中は、積もっていた埃《ほこり》を払った痕跡《こんせき》がある。

魂之介は、幽霊騒動が人間の仕業《しわざ》だとすぐにわかった。何か目的があって、幽霊のふりをして空き屋敷に人が近寄らないようにしているのだろう――と考えたのである。

そして、魂之介は、草叢《くさむら》の中から自分たちを見ている者がいるに気づいた。だから、相手に聞かせるために、わざと大きな声で「子《ね》の上刻《じょうこく》に出直してくる」と言ったのであった。

「そうしたら、案の定、お菊という女が提重《さげじゅう》に化けて、わしに近づいて来た。飛んで火にいる夏の虫――というわけだな」

「ちきしょう……」

お菊は、歯噛みして悔しがった。

「さらに、幽霊お仲まで登場して、わしの狙い通りになった。だが、その後に二人の男が現れたのは予想外であった」

「………」

「お前たちとあの二人は顔見知りで、しかも因縁《いんねん》があるらしい。それを正直に話してはみないか」

「くたばりやがれっ」

お菊は毒づいた。

「なるほど。わしは穏やかに、荒い言葉も使わずに説得したつもりだったが……先ほどからの罵詈《ばり》雑言《ぞうごん》、交渉決裂というわけか」

魂之介は、ゆっくり立ち上がった。帯を解いて、白い下帯一本の姿になる。

「ど、どうするつもりさっ」

怯《おび》えながら、お菊は訊《き》いた。何しろ、叩かれても蹴られても、刃物で刺されても、全く抵抗しようのない状態なのである。

「お菊さんっ」

お仲も、恐怖に顔面を引きつっていた。

「信濃屋の隠居はぎっくり腰だけで済んだから笑い話になるが、もしも心の臓が止まっていたら、何とする。お前たちは、人殺しになるのだぞ」

「………」

二人の女は、黙りこくった。

「しかも、お菊。お前は、わしを殺した方が簡単とか申したな。たとえ口先だけであっても、そのように人命を軽んじる言葉は聞き捨てにはできぬ。よって――」

魂之介は、下帯を外しながら、

「わしが、お前たちに天誅《てんちゅう》を下す」

全裸になった豪剣侍の股間からは、だらりと肉根が垂れ下がっていた。その状態で、すでに、普通の男性の屹立時《きつりつじ》の質量に等しい。

「ひっ……………」

お仲は息を呑んだ。休止状態の肉根が、臨戦態勢になった時の容積を想像したのだろう。

魂之介は、二人の背後に、片膝を突いた。そして、右手で肉根を扱《しご》きながら、

「今一度、尋《たず》ねるが、何もかも話す気にはなれぬか」

「一昨日《おととい》、来やがれっ」

間髪《かんはつ》容れずに、お菊が罵《ののし》った。が、その声は震えを帯びている。

「是非もないか――」

巨根が、急角度でそそり立った。紫紺色で、玉冠部《ぎょくかんぶ》の縁《ふち》の段差が著《いちじる》しい。

最高峰の男器とされる〈紫雁高《むらさきかりだか》〉であった。

魂之介は、その丸々と柿の実のように膨れ上がった先端を、お菊の花園に密着

させた。

いきなり、強引に根元まで貫く——のではなく、ゆっくりと腰をまわす。

「う……む……んぅ……」

熱い肉根の先端で秘部をこすられて、お菊は呻いた。

魂之介は平然として、女の秘処《ひめどころ》への巨根愛撫を続行する。その顔には、いささかも淫《みだ》らがましい色はなかった。紋章絵師《もんしょうえし》が図案を描くように、ただ、お菊の性感を燃え上がらせることにのみ神経を集中している表情であった。

欲情によって興奮する、快感によって自分を失う——ということが、この豪剣侍にはないのである。無論、男だから快味は感じるが、それでも呼吸すら乱さない。

吐精の寸前であっても、その行為を即座に中止することができる——そんな鉄の意志を持っているのが、豪木魂之介であった。

巨根愛撫によって、お菊の暗赤色の花びらが充血し、膨れ上がって口を開いた。その口の中に、しっとり透明な露《つゆ》が宿る。

彼女の意志とは無関係に、肉体が反応してしまったのだ。女壺《にょつぼ》の奥から、愛汁が渾々《こんこん》と湧き出している。

それに連れて、放射状の皺のある薄茶色の排泄孔《はいせつこう》が、ひくり、ひくり……と磯巾着《いそぎんちゃく》の口のように収縮しているのも、面白い。

「──頃合だな」

魂之介は、ずぶり……と巨根を侵入させた。

「アア……っ！」

お菊は、仰《の》けぞった。拘束されて背中を弓なりにすることができないので、髷《まげ》が背中につくほど首を後ろに倒す。

その時には、長大な男根の半ばまでが、お菊の花園に没していた。

「こ、こんな……巨《おお》きすぎるぅ……」

喘《あえ》ぎながら、お菊は言った。これほどの大業物《おおわざもの》を、受け入れたことがないのであろう。

「まだまだ、これからじゃ」

括約筋《かつやくきん》の抵抗の度合を推し量《はか》りながら、魂之介は、さらに巨砲を前進させた。

「ひィ……ォォォあっ」

お菊が喉の奥から奇妙な呻きを絞り出した時、魂之介のものは根元まで、彼女の秘肉に突入を果たしている。

「お、お菊さん……大丈夫?」

脂汗にまみれたお菊の顔を、お仲が心配そうに見上げた。

「いや」と魂之介。

「これから、もっと大丈夫ではなくなるのだ」

そう言って、豪剣侍は、ゆっくりと抽送《ちゅうそう》を開始する。右の掌《てのひら》をお菊の腰にあてがい、左手でお仲の臀肉を鷲《わし》づかみにしていた。

「ん……む……」

最初のうちは歯を食いしばって、巨根の摩擦がもたらす途方もない快感を無視しようとしていたお菊である。

だが、普通の男の長さも太さも二倍以上ある道具で奥の院まで突かれていると、そんな努力は薄紙よりも簡単に破られてしまった。

「あぐ……あうぅ……凄い…お珍々、凄い……もっと、もっと力強く犯してぇ」

目の焦点が虚《うつ》ろになり、譫言《うわごと》のように卑語を口にする、お菊であった。

すでに結合部から大量の愛汁が溢れて、真下にあるお仲の花園まで濡らしている。

「もっと犯して欲しくば、三千両の謂《いわ》れを話すがいい」

わざと浅く突きながら、魂之介が言う。

「お菊さん、しっかりしてっ」

自分の秘部を濡らす蜜液に驚きながらも、お仲が言った。

「喋っちゃ駄目よっ」

「そうか。お菊が話してはいかんのか」

魂之介は、お菊の女壺から、ずるりと巨根を引き抜いた。

「では、お前に訊くことにいたそう」

そう言って、魂之介は、濡れた先端を紅色の花園にあてがう。

「え……？」

お仲が戸惑っている間に、ずずーんっ……と巨砲が突き入った。一気に根元までだ。

「………っ！」

声にならぬ叫びが、お仲の喉から迸《ほとばし》った。

明らかに、お菊の方が男性経験が豊富で、若いお仲の方が経験が少ない。

それなのに、魂之介がお仲の女壺を一気に攻略したのは、まず、彼とお菊の媾合を見せられたお仲の花園が、すでに潤っていたからである。しかも、そこへ、お菊の潤滑液も滴《した》っていた。

さらに重要なのは、お仲の臀肉を摑んでいた左手の感触から、お仲の括約筋が緊張していないとわかったことだ。

女壺が魂之介の巨根を受け入れるのに最大の難関は、心理的な恐怖感からくる括約筋の緊張である。

だから、その緊張がない間に、時間をかけずに挿入した方が良いと、魂之介は判断したのだった。

「お仲ちゃん……どう?」

女の空間に喪失感を覚えながらも、お菊が訊いた。

「いっぱい……あたしのあそこが、いっぱいになってるの……あたし、頭がおかしくなりそう……」

すでに目の焦点が合わなくなっている、お仲であった。

「では、こうするとどうなるかな」

魂之介は淡々とした口調で言って、腰を動かし始めた。

熱く、硬く、長大なものが、お仲の狭い花孔を往復する。無論、直線の抽送だけではなく、捻《ひね》りなども織り交ぜて、精密にお仲の急所を探ってゆくのだった。

「だ、駄目……なんで、こんなに気持ちいいの？　秘女子の奥まで抉《えぐ》られてるぅぅ……」

お仲もまた、豪木魂之介の立派な巨根の前には降服せざるをえなかった。

「お菊、寂しかろう」

ずぼっ、と卑猥な音を立てて、魂之介は剛根を抜き取った。そして、すかさず、お菊の女壺に挿入する。

「おっ、おァァァァっ」

いきなり、女の空間が満たされて、お菊は歓喜の悲鳴を上げた。

「嬉しい……もっと、もっとっ」

臀を蠢《うごめ》かして、お菊は、少しでも女壺の奥へ男根を咥《くわ》えこもうとする。まるで、飢えた色餓鬼《いろがき》であった。

「よし、よし。このように、な――」

魂之介の力強い責めを受けて、お菊は、正気を失った者のように悦《よ》がりまくった。

「ずるい、旦那様、あたしもっ……あたしも、ぶっといお珍々で犯してっ」

懇願する、お仲であった。

その願いを受け入れて、魂之介は公平に、お菊とお仲の女壺を責める。突きまくる。

汗まみれで悦がる二人は、いつしか、互いの唇を貪《むさぼ》り、舌を絡め合っていた。

元から同性愛者だったわけではなく、凄まじい悦楽の嵐の中で、理性が粉々になって吹っ飛んでしまったのだろう。

色情に狂った牝獣《めけもの》のように、形ふり構わずに官能に溺《おぼ》れきっている二人を見て、魂之介は尋問を諦《あきら》めた。

（これでは、筋の通った話はできまい……仕方がないから、満足させてやるか）

魂之介は、さらに攻撃の勢いを強めて、お菊の女門を突きまくった。

お菊が絶頂に達すると、素早く引き抜いて、お仲を一突きする。お仲もまた、その強烈な一撃だけで達した。

花孔を痙攣《けいれん》させるお仲の内部に、魂之介は、灼熱の溶岩流を夥《おびただ》しく放つ。そして、余韻を味わってから、引き抜いた。

お菊が持っていた華紙《はながみ》で、後始末をした。

ぐったりと喪心《そうしん》している二人の秘部も、後始末をしてやる。

それから、二人の縛《いまし》めを解いた。行灯のところへ戻り、裸で胡座《あぐら》をかいて残りの酒を飲む。

三

しばらくして、お菊もお仲も意識を取り戻した。

「旦那様……立派なお珍々、しゃぶらせて」

お菊は裸で、本当の牝犬《めすいぬ》のように魂之介の方へ這《は》い寄った。お仲も、あわてて、それを追う。

「あたしも、あたしも、しゃぶりたいっ」

「ふうむ」

魂之介は苦笑して、

「我がものをしゃぶるのは良いが、三千両の話はどうした」

「そんなの、しゃぶりながらでも、できますっ」

そう言いながら、お菊は、魂之介の右側から股間に顔を埋《うず》めた。休止状態の肉根を、咥えこむ。

「あたしも……」

左側から肉根の根元に顔を埋めたお仲は、玉袋を舐め始めた。

「さあ、話してみろ」

魂之介が促《うなが》すと、お仲が惜《お》しそうに顔を上げて、

「あたし、実は……〈千里《せんり》の虎《とら》〉の娘なんです」

――五年前のことである。江戸中を荒らしまわる、千里の虎という盗賊一味がいた。

頭《かしら》の寅松《とらまつ》は、二十余名の手下を率いていた。札差《ふださし》や廻船問屋《かいせんどんや》などの大店《おおだな》に侵入しては、家人や奉公人たちを縛り上げて、蔵の中の金をごっそりいただくという大胆不敵な怪盗である。

しかし、ある夜、両替商の岡崎屋《おかざきや》に押し入った時に、町奉行所の捕方《とりかた》の一団に囲まれてしまった。せっかくの獲物を放り出して、捕方の囲みを破った一味であったが、その時、寅松は捕方の刺又《さすまた》で右足を傷つけられた。

身軽な行動をとれなくなった寅松は、盗人《ぬすっと》稼業からの引退を決意した。手下たちに相応の金を分配して、寅松は、一味を解散したのである。

その後、寅松の片腕だった甚左は、主だった手下を集め直して新たに辰巳一味

を組織した。

寅松の方は、実の娘のお仲と堅気の暮らしに入った。たまに訪ねて来る女盗人のお菊と思い出話をするくらいで、寅松は、穏やかな毎日を送っていた。

ところが、半年ほど前のこと――寺参りに出かけた寅松が、夜になって無惨な死体となって発見された。死因は匕首による左胸の一刺しだが、その軀には拷問《ごうもん》された痕跡があった。

それを聞いたお菊は、すぐに、お仲を連れて知人の家へ隠れた。

寅松を殺したのが、辰巳の甚左の手下だと知ったからである。

甚左は、押し入った店の者を殺傷して金品を奪い取るという、荒っぽい強盗を繰り返していた。だが、町奉行所の詮議《せんぎ》が厳しくなり、仕事をするのが難しくなった。

そこで、元の頭である寅松が何処《どこ》かに三千両の金を隠している――と聞いて、甚左は、その隠し金を横取りしようと企《たくら》んだのだ。

寅松が口を割らずに殺されたとすると、次に狙われるのは、当然、実の娘のお仲である。そして、引退した寅松と最も親しかったお菊も、狙われるだろう。

お仲もお菊も、隠し金のことは寅松から何も聞いていなかった。だが、そんな弁解を聞いて辰巳の甚左が納得するはずもない。

こうして、二人は知人の家の土蔵に隠れ住んでいたが、一月《ひとつき》ほど前に、そこを訪ねてきた者がいた。

四年前に博奕《ばくち》の常習犯として三宅島《みやけじま》へ遠島になった、茂兵衛《もへえ》という老爺《ろうや》であった。盗人ではないが、寅松とは同郷で、古い友人であった。

遠島になった者が赦免《しゃめん》となって江戸へ戻れるのは、原則として在島が五年以上の者だけなのだが、茂兵衛は七十近い高齢者だったので、特別に赦されたのである。

春の赦免船で生還した茂兵衛は、昔の仲間の伝手《つて》を頼りに、ようやくお仲とお菊の隠れ家を突きとめた。そして、義理堅い彼は、成田山新勝寺《なりたさんしんしょうじ》の護り袋を渡しに来たのだった。

それは寅松が、「俺が死んだら、この護り袋を娘のお仲に渡してくれ」と茂兵衛に預けておいたものである。

四年前に賭場《どば》の手入れで捕まって牢《ろう》屋敷送りになった茂兵衛は、その護り袋を誰にも渡す機会がなかった。それで、そのまま自分が首から下げて、三宅島へ送られたのだった……。

「――その護り袋の中に入っていた御父っつぁんの書き付けが、これでございます」

全裸のお仲は、一纏《ひとまと》めにされていた衣類の中から、護り袋を取り出して、その中身を魂之介に見せた。

その紙には、右側に「深川冬木町和泉屋空屋敷」と小さく書かれていた。そして、真ん中に大きく「九」とある。

「何だ、これは」

魂之介は首を捻った。

「三千両の隠し場所だと思うんです」

茄子色《なすいろ》の巨根の茎部に唇を這わせながら、お菊が不明瞭な声で言った。

「あたしが隠し場所の手がかりを持っていると、誰かに盗まれたり、取り上げられたりするかも知れない……だから、御父っつぁんは、茂兵衛おじさんにこれを預けていたんだと思います」

お仲も、真剣な顔で言う。

「なるほどな。しかし、お前たちには、この九の意味がわかるのか」

「それが……」

散らし髪のお仲は、うなだれてしまう。

「旦那様。あたしは、こう考えました」

巨砲を両手で握り締めたまま、お菊が言った。

「この屋敷の座敷の数は八つ……だから、九番目の場所に隠してある、と」

「九番目の場所？」

「納戸とか、台所とか、湯殿とか……」

「面白い目の付けどころだ。しかし、それらの場所に金は無かったのだな」

「はい。ですから、母屋の中だけではなく、土蔵や東屋、茶室まで調べましたが、どこにも隠し金はありませんでした」

「ふうむ……九、か」

魂之介は、書きつけを見つめてから、

「お仲、お菊、そこへ座りなさい」

じろりと二人の顔に、鋭い視線を向けた。

「は、はい……」

二人の女は、あわてて魂之介の前に座った。

全裸の女がきちんと正座している姿には、非日常的な色気がある。

「寅松の隠し金の三千両は、理屈で言えば、お仲のものだ。元の頭を殺した辰巳の甚左などという卑劣な悪党に、渡すべきではない」

「はいっ」

魂之介が自分たちの味方になってくれるのか――と、お仲たちの顔に喜色が浮かぶ。

「しかし……」

魂之介は言った。

「その三千両は、元はといえば盗みで手に入れた金だな」

「………」

ずばりと指摘されて、二人の女は身を縮める。

「お前たち二人が、どうしても三千両を手に入れたいというなら、勝手にするがよい。わしは、悪党と悪党の争いには興味がないから、手を引く。勝手に、殺し合いでも何でもするがよかろう」

「………」

魂之介の厳しい言葉に、お仲たちは、ますます顔が上げられなくなった。

「だが、我欲《がよく》を捨てて、父親の罪滅ぼしのために、三千両を町奉行所に預けるということであれば、わしが力を貸そう」

「旦那様……」

お仲が、救われたように顔を上げた。

「無論、三千両を御公儀の金蔵に入れさせたりはせぬ。わしが町奉行に直《じか》に掛け合って、必ず、貧しい者たちの救済に使われるようにする」

「旦那様……」

お菊は啞然《あぜん》とした。

「旦那様は一体、どういう御身分の……？」

町奉行に直に掛け合う――という言葉に、度肝を抜かれたのである。

「身分？」と魂之介。

「このわしに、身分などあるものか。天下御免の素浪人だ。はっはっは」

豪快に笑った魂之介は、二人の顔を交互に見て、

「お前たちは、侍が四角張った堅苦しい窮屈な世界に生きている――と思っているだろう」

「ええ、まあ……」

お仲は、曖昧《あいまい》にうなずいた。

「ところが、それは逆でな。世の中に、侍くらい自由なものはない。侍は、何でも好きなことができるのだ」

「はあ……？」

世間の常識とは全く違うことを言われて、お菊とお仲は顔を見合わせた。

「これだよ」

魂之介は、右手で刀を握る形を作り、その手を腹の前で左から右へ動かした。

「腹かっさばいて責任をとる――その覚悟されあれば、侍は、何でも好きなことができるのだ」

「だ、旦那様っ」

「それは……」

お仲とお菊は、思わず身を乗り出す。

「わしはな、自分の命など少しも惜しいとは思わない。いつ、どこで死んでも、かまわぬ身なのだ。だから、町奉行に談判して、必ず三千両は生きた金にする。どうだ、わしを信用してくれるか」

それを聞いた二人の女は、叩頭《こうとう》した。埃だらけの畳に額《ひたい》を擦りつけて、

「ありがとうございます、旦那様っ」

「全て、旦那様にお任せいたしますっ」

泥棒の隠し金を浄財として貧民救済にあてる、そのためには切腹してもかまわない――という魂之介の心意気に、二人の女は深く胸を打たれたのであった。

「任せてくれるか。よし、よし」

魂之介は、書き付けを折り畳んで護り袋へ戻した。

すると、お仲とお菊が躙《にじ》り寄って来て、

「旦那様の御覚悟に、感激いたしました。精一杯、務めますので――」

「わたくしたちに、ご奉仕をさせてくださいましっ」

「うむ、よかろう」

魂之介は、立ち上がった。

「二人で、しゃぶるがよい」

仁王立ちになった魂之介の肉根に、二人の女は嬉しそうに顔を埋めた。

（それにしても）

豪木魂之介は、太い肉根を左右から舐める女たちを見下ろしながら、思案する。

（九……三千両の隠し場所が、九……どういう意味であろうか）

第三章　比翼流《ひよくりゅう》みだれ八双《はっそう》

一

「あれか」

編笠《あみがさ》の縁《ふち》を持ち上げて、豪木魂之介は、百姓家を眺めた。

竹林を背にして建っている、茅葺《かやぶ》き屋根の百姓家だ。横手に小さな物置があった。

翌日の早朝――そこは、入谷《いりや》の坂本村《さかもとむら》である。

「へい、間違いござんせん」

そう言ったのは、高麗鼠の忠吉である。

「和泉屋の空き屋敷から逃げ出して来た二人の男は、あの家へ入ってゆきました。その後、闇《やみ》医者らしい奴が駕籠《かご》でやってきて、中へ入りました。たぶん、お殿様に痛めつけられたところを治療してもらったんでしょう。医者は半刻《はんとき》くらいで帰りましたよ」

「それから先は忠吉兄ィに代わって、この熊五郎《くまごろう》が、しっかり見張っておりました、はい」

熊と言うよりも、狸《たぬき》そっくりの愛嬌《あいきょう》のある顔をした若い男が、言った。

喧嘩は弱いが気の良い遊び人で、忠吉の知り合いである。

「二人の野郎は、あの家に籠《こ》もったままで、出て来ません。まだ、中にいるはずです」

昨夜――魂之介が一人で和泉屋の空き屋敷へ向かったのは、幽霊を怖がった忠吉が同行を拒《こば》んだからではない。

幽霊騒動の裏に何か企《たくら》みがあると考えた魂之介は、自ら囮《おとり》となって空き屋敷へ乗りこみ、悪党を炙《あぶ》り出そうとしたのである。それで、忠吉を屋敷の外に待機させておいたのだ。

案の定、提重《さげじゅう》に化けたお菊と美女幽霊役のお仲が現れた。さらに、辰巳の甚左の配下である宗助と幸三郎という二人の盗人《ぬすっと》まで、出現したのである。

魂之介は痛めつけるのを手加減して、わざと宗助たち二人を逃がした。その後を、近くに隠れていた忠吉と熊五郎が追ったというわけだ。

そして、宗助たちが坂本村の百姓家に潜《ひそ》んだのを見届けて、忠吉が深川の幽霊屋敷へ戻ったのであった。

お仲とお菊の濃厚な奉仕を受け、さらに二人を昇天させた魂之介は、忠吉の報告を聞いた。そして、一刻ほど仮眠をとってから、この坂本村へやって来たのであった。

魂之介たち三人がいるのは、百姓家から十六、七間《けん》——三十メートルほど離れた木立の中である。

「ご苦労であったな」

編笠を脱いだ魂之介は、忠吉に向かってうなずいた。

「じゃあ、熊さんよ。少しばかりだが、これで一杯やってくんな」

忠吉から二分金《にぶきん》を一枚もらった熊五郎は、何度も礼を言ってから去った。

「——さて」

魂之介は言った。

「では、参るかな」

「悪党の巣に、乗りこみますか。でも、あの家の中に全部で何人いるか、わかりませんぜ」

「金と欲で繋がった悪党どもなど、何十人いても恐るるに足りぬ」

そう言って、魂之介は木立から出た。

編笠を片手に、畦道《あぜみち》を堂々と百姓家へ向かって行く。宗助たちが外を見張っているかも知れないというのに、大胆な行動であった。

「さすが、うちのお殿様だ」

感心した忠吉は、小走りに豪剣侍の後を追った。

その家は、向かって左手に入口があり、そこが広い土間になっている。土間から右に板敷きの広間があり、その奥に座敷があるという、典型的な百姓家の造りのようだ。

雨戸は閉め切ってあるが、入口の板戸に手をかけると、抵抗なく開いた。

「――御免」

そう声をかけて、魂之介は中へ入った。

土間は六、七坪の広さで、農具はなく、奥に竈《かまど》がある。

囲炉裏《いろり》を切った八畳ほどの面積の広間には、人の姿はない。その奥へ続く板戸は、閉めきってある。

火箸《ひばし》の刺さった囲炉裏には、埋《うず》み火《び》もない。自在鉤《じざいかぎ》に下げてある鍋も、空《から》っぽだ。

二人の人間が一晩過ごしたにしては、その痕跡《こんせき》がない。

「……………」

魂之介は、草履《ぞうり》を脱いで広間に上がった。そして、つかつかと板戸に近寄る。一呼吸置いてから、がらっと板戸を開いた。

そこは六畳の座敷だが、やはり、人の姿はなかった。その左手に続く三畳の板の間にも、誰もいない。

「ど、どういうわけでしょう、もぬけの殻《から》ってのはっ」

きょろきょろと、忠吉は家の中を見まわして、

「熊の奴、居眠りでもしてやがったのかな」

「いや、そうではあるまい」

魂之介は三畳の板の間を、爪先で探っていたが、

「ここだ。忠吉、開けてみろ」

「へ？」

忠吉が、そこの板に指をかけると、ぱかっと開いて、半畳ほどの大きさの穴が

見えた。

「抜け穴ですかい、ちきしょうめっ」

悔しがって、忠吉が穴へ飛びこもうとすると、

「やめておけ。どんな仕掛けがあるか、わからぬ」

魂之介が止めた。

「おそらく、裏の竹林かどこかへ抜けられるのだろう。手刀で喉を打たれたくらいで、これ見よがしに駕籠で医者を呼ぶのは妙だと思っていたが……辰巳一味の者は、尾行がついたと思った時には、本当の隠れ家を知られないように、この抜け穴のある家に逃げこむ手筈《てはず》になっているのだろう」

「あっしらの尾行が発覚《バレ》てましたか。お殿様、こいつは面目《めんもく》ねえ」

頭を下げる、忠吉であった。

「まあ、良い。いずれ、甚左たちの方から空き屋敷へやって来るだろう。三千両目当てにな」

そう言って、魂之介は広間へ戻り、土間に脱いだ草履に足指を通す。そこで、彼の動きが止まった。

「……忠吉」

かすかに眉を動かして、魂之介は言った。

「へい？」

「そこの火箸を取ってくれ」

「これですか」

忠吉は、囲炉裏の灰に突き刺してあった一対の火箸を抜き取り、魂之介に渡した。鉄製だから、重い。

魂之介は、それを帯の前に刺した。そして、左手に編笠を持つと、それを軀《からだ》の前に出して土間から外へ出る。

ひゅん、と弦音《つるおと》がして、編笠に矢が突き刺さった。

貫通はしなかった。その編笠の内部には、鎖帷子《くさりかたびら》が二重に埋めこんであるからだ。こんな事もあろうかと予測して、魂之介は、この鎖編笠を持って来たのである。

五間《けん》ほど先の松の古木の蔭に、射手《いて》はいた。職人のような格好をした中年の男である。

そいつは、一矢目が防がれたと見て、二矢目を番《つが》えようとした。

その時、魂之介は右手で火箸を帯から抜くと、手裏剣に打った。

「わあっ」

左の上腕部を火箸で貫かれ、そいつは弓矢を放り出して、臀餅《しりもち》をつく。

「頭《かしら》を、やりやがったなっ」

「このド三一《サンピン》っ」

「ぶっ殺せっ」

竹林の中や物置小屋の蔭から、七人の男たちが飛び出して来た。その中には、宗助と喉に晒《さら》しを巻いた幸三郎もいる。

そいつらは、手に手に、匕首《あいくち》や長脇差《ながどす》、六尺棒などを持っていた。

「忠吉、そこから出るなよっ」

そう言って、魂之介は、先頭の奴に向かって、もう一本の火箸を打った。

「ぎゃあっ」

右足の甲を火箸に深々と貫かれたそいつは、濁った悲鳴を上げて倒れる。草履の裏から一寸も、火箸の先端が突き出していた。

さらに、魂之介は、その後ろから来た奴の顔面に編笠を投げつけた。

「がっ」

鎖帷子を埋めこんだ編笠は、そいつの鼻を潰すほどの重量があった。勢いよく仰向《あおむ》けに倒れたその男は、後頭部を強く打って、気を失ってしまう。

「来るか、悪党どもっ」

大刀を抜き放った魂之介は、左右から突きかかって宗助と幸三郎に大刀を振るう。

右側の宗助は肩の骨を砕かれ、左側の幸三郎は眉間《みけん》に一撃をくらって、ぶっ倒れた。

さらに、魂之介は自分から三人の男たちの中に飛びこんで、縦横無尽に大刀を振るう。

肉がひしゃげる音、骨が砕ける音、内臓が潰《つぶ》れる音、そして、人間の喉から飛び出す悲鳴が交差した。

二十と数えぬうちに、そこに立っているのは魂之介だけになった。

七人の男たちは、ある者は意識を失い、ある者は苦しみ藻掻《もが》いてのたうち、誰も逃げられそうもない。

魂之介は、松の古木の方を見た。弓の射手の姿は消えている。

「あ、逃げられちまいましたかっ」

百姓家から出て来た忠吉が、言った。

「頭って呼ばれてたから、あいつが辰巳の甚左だったんですね。惜しいことしたなあ」

「いずれ、また逢うことになろう。悪党というのは、執念深いものだ」

魂之介は、大刀を鞘《さや》に納める。

「忠吉。ご苦労だが、土地の御用聞きを捜して、連れて来てくれ。この者どもを引き渡すのだ」

「へいっ」

「それから、どこかの店で遅い朝餉《あさげ》を摂ることにしよう。わしは少々、空腹じゃ。ははは」

屈託のない笑顔を見せる、魂之介であった。

二

下谷山伏町《やまぶしちょう》の一膳飯屋——その切り落としの座敷へ上がった豪木魂之介は、焼き魚をおかずに丼で飯を三杯も食べた。
そして、店の親爺《おやじ》に断ってから、そこで壁にもたれたまま仮眠をする。忠吉も狭い座敷に横になって、胎児のように手足を縮めて眠りこんだ。

動けなくなった七人の盗人どもは、潮《うしお》の章太《しょうた》という土地の岡《おか》っ引《ぴき》に引き渡してきたのである。

盗人どもがあまりにも手厳しく痛めつけられているので、章太は今ごろ、取り調べをするか治療を優先させるか、大いに悩んでいることだろう。

「……むむ、よく寝た」

目を覚ました魂之介は、口元を手で隠して欠伸《あくび》をしてから、

「親爺、今は何刻かな」

卓の上を拭いていた老爺が、顔を上げて、

「へい。さっき、未《ひつじ》の上刻《じょうこく》の鐘が聞こえたようですが」

未の上刻――午後二時だ。かれこれ、五時間ほど眠ったことになる。

「それは邪魔をしたな。済まぬが、茶をくれぬか。熱いのを」

「へい、へい。ただ今」

老爺が勝手に引っこむと、魂之介は、忠吉の方を見た。

「これ、忠吉」

「あ……お殿様。どうも、お早うございます」

「寝惚《ねぼ》けてはいかん。もう、未の上刻を過ぎたそうだ」

「おやおや。夜と昼が逆転しちまいましたね」

そこへ、老爺が茶を運んで来た。魂之介が、その茶を飲みながら、何気なく店の中を見まわすと、柱に一枚の紙が貼ってある。

横が一寸、縦が四寸の紙で、上の方に〈僧〉という字が、下の方に〈一〉の字が書いてあった。

「親爺、あれは何だな」

すると、老爺は笑顔で、

「ああ……物乞い坊主が配っていった判《はん》じ物《もの》ですよ」

「判じ物？」

「お殿様、謎々《なぞなぞ》でさあ」

横から、忠吉が解説を引き取った。

「ああいう謎々の紙を先に配って歩き、みんなが首を傾《かし》げているところへ、後からまわって来て、謎解きをしてみせます。その謎解き料に、一文《いちもん》とか五文とかもらうわけですね」

「なるほど、面白い稼業だ。ただの物乞いではなく、謎解き料というのが粋《いき》だな」

　魂之介は興味津々《しんしん》で、

「で、あの僧と一の字は、どう読み解くのだ」

「そりゃあ……おい、親爺。どう解くんだ」

　大威張りで解説したわりには、肝心《かんじん》の謎解きは駄目な忠吉であった。

「へい、あれはですな」と老爺。

「一を小坊主と読む。そして、一の字も辛抱すれば十字になる――と解くのだぞうで。つまり、一の字に縦一文字の真棒を足せば、十の字になります。坊さんは寺持ちだから、住持《じゅうじ》」

　真棒とは、地固めに使う丸太のことで、垂直にして使用する。つまり、縦一文字になるのだ。

「ふうむ……真棒と辛抱、十字と住持をかけたわけか」

「いえ、あっしもね。大方、そうじゃねえかと見当をつけておりました、はい」

　調子の良いことを、さらっと言う忠吉である。

　が、魂之介の方は眉根を寄せて、何事か考えこむ。

「小坊主が住持――そうか、わかったっ」

ぱしっ、と魂之介は自分の膝を叩いた。

「へ?」

驚く忠吉の前で、豪剣侍は勢いよく立ち上がった。

「書き付けの九の字の意味が、わかったぞ。深川へ戻るのだ、忠吉っ」

三

豪木魂之介と忠吉が深川冬木町の空き屋敷へ戻った時には、初夏の陽はかなり西の空に傾いていた。

「あ、お殿様っ」

安土門から屋敷へ入ろうとすると、仙台堀に面した河原から土堤《どて》を駆け上がって来たのは、お仲とお菊であった。

お仲は髪を束《たば》ねて背中に垂らし、まともな格好になっている。

「お前たち……危ないから、隠れ家へ帰れと申したであろうが」

「はい……」

「お言いつけに背《そむ》いて、申し訳ございません……」

お仲もお菊も、しょんぼりしてしまう。

「まあまあ、お殿様」

にやにやしながら、忠吉が取りなす。

「この姐《ねえ》さんたちも、お殿様が慕《した》わしくて、去りがたかったんでさあ」

「まあ、兄さん。そんなに、はっきり言っちゃあ、極《き》まりが悪いじゃないか」

小娘のように赤くなる、お菊であった。

「うむ、そうか……」

女心の微妙さも、少しはわかるようになってきた魂之介である。

「お前たち、河原で待っていたのか」

「いいえ。あの亀久橋《かめひさばし》の下に隠れておりました。甚左の手下に見つからないように」

お仲が、三十間ほど先にある橋を指さした。

「それは賢い手であったな。ところで、書き付けの謎は解けたぞ」

「えっ」

「本当でございますかっ」

お仲もお菊も、驚きを隠せない。

「本当だとも。そうだな、丁度良かった。お前たちの前で、謎を解いてみせよう」

そう言って、魂之介は、空き屋敷へ入って行く。

例の柿の木が見える十畳間の前に立つと、魂之介は、書き付けを取り出した。

「良いか。隠し場所の手がかりは、九の一文字」

「……………」

忠吉、お仲、お菊の三人は真剣な表情で、魂之介の顔を見つめる。

「さて、忠吉。九の次は何だな」

「そりゃあ、十でしょう。そのくらい、あっしにもわかりますよ」

なぜか、胸を張る忠吉だ。

「そうだ。九の次は十、十の前が九――だから、これは、十畳間の前という意味だろう」

「ああっ」

お菊は、ぽんと手を打った。

「さあ、お仲。九の前は何だ」

「八…でございますか？」

「うむ。九の前は八――上から下へ縦に文字を並べて行くと、八の下が九になるな」

「はい」

「俗に、桃栗三年柿八年という。八が〈柿〉を現すとすれば、九は、柿の下ということになる。すなわち、十畳間の前、柿の木の下に、三千両は埋められている――ということだ」

例の飯屋の判じ物をヒントにして、魂之介は、この謎を解いたのであった。

「すげえやっ」

飛び上がらんばかりにして、忠吉は喜んだ。

「さすがは俺のお殿様だ、今孔明《いまこうめい》だっ」

「これこれ、それは褒めすぎだ」

天才軍師の諸葛亮《しよかつりよう》孔明に比べられて、魂之介は苦笑した。

学者でも何でもない盗人が考えた暗号なのだから、難しく考えずに、普通の知恵で解ける程度の言葉合わせで推理すれば良かったのである。

お菊が物置小屋に鍬《くわ》があると教えたので、早速、忠吉がそれを持って来た。そして、張り切って、柿の木の下を掘り返す。

魂之介は、その奮闘を見守りながら、

「お仲。期せずにして、お前は三千両の上で幽霊の真似事《まねごと》をしていたわけだな」

「本当に、お恥ずかしゅうございます」

胸乳まで露出して血まみれ幽霊に化けていたことを思い出したのか、お仲は真っ赤になる。

「ん……鍬の刃先が、何かに当たりましたぜ」

忠吉が言った。

「よし、貸してみろ」

魂之介は鍬を受け取ると、金剛力《こんごうりき》で瞬《また》く間に掘り返してしまう。

そこには、大きな瓶《かめ》が三つ、埋められていた。水が入らないように、蠟《ろう》で蓋《ふた》を封してある。

魂之介は、軽々と三つの瓶を引き上げた。

すでに、西の空が赤く燃えている。

「お前たち、蓋を開けてみるがいい」

そう言って、魂之介はさりげなく周囲に目を配った。

「へいっ」

忠吉が手前の瓶に飛びつき、お仲とお菊も残りの瓶の蓋に手をかけた。

最初に蓋を開けたのは、忠吉である。

「わあ……お殿様、ありましたぜっ」

目を丸くして、魂之介を手招きする。

「なるほど。たしかに本物の小判だな」

瓶の口を覗きこんだ魂之介が言う。

「お殿様っ」

「こっちも、小判ですっ」

お仲とお菊が、口々に叫んだ。残りの瓶の中身もやはり、小判が詰まっていた。

「千里の虎の三千両か……」

魂之介が呟《つぶや》いた時、

「――その金は、俺がもらったっ」

物陰から飛び出して来たのは、弓の射手だった甚左と配下の男たちであった。

配下の総勢は十六人で、手に手に匕首や長脇差を構えている。半円を描いて魂之介たちを包囲した。

「どうだ、ド三一。坂本村ではやられたが、この人数なら負けねえぜ。お前ら全員、嬲《なぶ》り殺しにしてやるっ」

吠えるように、甚左が言った。火箸で貫かれた左腕には、晒しを巻いている。

「お前が辰巳の甚左か」

魂之介は、じろりと甚左を睨《にら》みつけた。

「元の頭である寅松を捕らえて、酷《むご》い責め問いをしたのは、お前か」

「それがどうしたっ」

甚左は、せせら笑う。

「足を弓で射貫いて、逃げられないようにしてから、たっぷり責めてやったぜ。素直に隠し場所を白状すれば、楽に死なせてやったのに、あの野郎、意地をはりやがって」

「くそっ、御父《おと》っつぁんの仇敵《かたき》っ」

お仲が叫んだ。

「まて、お仲。女のお前が手を汚すことはない」

魂之介が、ずいっと前へ出た。

「この毒虫には、わしが天誅《てんちゅう》を下してやる」

「むむ……みんな、やっちまえっ」

右手で匕首を構えた甚左が、そう叫んだ時、

「うわっ」

「ぎゃっ」

突然、包囲していた十六人の間から、断末魔の悲鳴が上がった。

倒れたそいつらの背後に現れたのは、浪人たちであった。

全部で、六人である。いつの間にか、辰巳一味の背後に潜んでいたのだった。

「辰巳の甚左。お前が三千両を捜しているということは、風の噂に聞いたぞ」

貫禄のある壮年の浪人が、静かに言った。

総髪を後ろに撫《な》でつけて背中に垂らし、羽織袴《はおりはかま》という姿である。

「俺は地獄道場の主《あるじ》、志垣玄蕃だ。三千両は俺が使い尽くしてやるから、心配するな」

「な、何だとっ？」

「安心して冥土《めいど》へ行け――と言っておるのだ」

するすると近づいた志垣玄蕃は、いきなり、甚左に抜き打ちを浴びせた。まるで案山子《かかし》でも斬るような、無造作な動きであった。

「げっ………」

袈裟懸《けさが》けに斬られた甚左は、無念の形相《ぎょうそう》で倒れる。

「お頭っ!?」

「ちきしょう、仇討《あだう》ちだっ」

怒り狂った盗人どもと、地獄道場の悪浪人たちの闘いが繰り広げられた。

ひゅっと血振《ちぶり》をした玄蕃は、魂之介の方を向く。

「近頃、湯島で正義漢を装い小遣い稼ぎをしている浪人というのは、貴様か」

「小遣い稼ぎではない。この世に無用の毒虫退治をしているのだ」

「では、この志垣玄蕃も見事、退治してみるか」

「願ってもないこと。このまま生かしておいては、諸人《しょじん》に害を為《な》す悪虫であろう――」

魂之介は、右手で忠吉たちに退《さ》がるように合図をした。そして、すらりと大刀を抜く。

「改めて、名乗っておこうか……黄道流、志垣玄蕃」

「比翼流、豪木魂之介」

両者は、四間の距離で対峙《たいじ》した。二人とも、正眼につける。

(できるな……相当に罪を重ねてきたのだろう)

魂之介は、胸の中で呟いた。

以前に、壱楽寺で倒した人斬り屋の佐々岡十郎《ささおかじゅうろう》よりも、一枚も二枚も腕が上である。

しかし、志垣玄蕃もまた、抜き合わせてみて、魂之介の実力を見抜いたようであった。

傲岸不遜《ごうがんふそん》の表情だった顔が、固く強《こわ》ばっている。

「………」

「………」

周囲の乱戦が耳に入らぬかのように、二人は見合ったまま、動かない。

両者の間には、目に見えぬ濃厚な闘気が渦《うず》を巻いていた。

「お殿様……」

勝負を見守っている忠吉たちは、緊張のあまり汗まみれになった。

「ええいっ」

突如、玄蕃が仕掛けた。一気に間合を詰めて、斜めに剣を振り下ろす。

その豪剣を、魂之介は弾き返した。そして、がら空きになった胴へ横薙《よこな》ぎを繰り出す。

「おうっ」

危うくかわした玄蕃は、かわしながら、片手突きを放った。

「むっ」

危うく喉を貫かれそうになった魂之介は、さっと後退する。玄蕃も後退して、態勢を立て直した。

両者は、二間ほど近距離で向かい合った。二人とも、額《ひたい》に脂汗を浮かべている。

「やるな」

魂之介は、不敵に微笑した。

「貴様も、な」

玄蕃は唇を歪《ゆが》める。

「されば、比翼流奥義《おうぎ》を、お見せしよう」

「奥義だと？」

「左様《さよう》――比翼流みだれ八双」

静かに言った魂之介は、右足を引いて、大刀を右八双に構えた。軀の右側で、剣を垂直に立てたのである。

その剣の切っ先が、徐々に後方へ倒れゆく。それに連れて柄頭《つかがしら》が持ち上がり、ついに、右肩の上に剣を担いでいるような格好になった。

「む、むむ……」

正眼に構えている玄蕃は、〈みだれ八双〉を見て、唸《うな》った。

相手が正眼や下段など、刀身が全て見える構えをとっていれば、間合が計りやすい。また、業《わざ》を繰り出す切っ掛けも見える。

だが、今は、魂之介の剣の柄頭しか見えない。肝心《かんじん》の刀身も切っ先も、まるで見えないのだ。

こうなると、間合が非常に計りにくくなるし、相手の業の切っ掛けもわからないから、攻撃も防御も非常に難しくなるのだ。

「そ、そのような子供騙《だま》しの八双くずしなどに、心を乱される俺ではないわっ」

己れ自身を叱咤《しった》するように、玄蕃が言った。

「ゆくぞっ！」

大上段に振りかぶって、玄蕃は突進した。

山をも断つような勢いで、魂之介の脳天めがけて、豪剣を振り下ろす。真《ま》っ向《こ》う唐竹割《からたけわ》りである。

が、それよりも迅《はや》く、魂之介の大刀が玄蕃の左肩に振り下ろされていた。

「がァ……っ」

よろめいた玄蕃の両手から、大刀が落ちた。

そして、玄蕃は両腕を広げて大の字になり、仰向けに倒れる。

自分が辰巳の甚左を斬ったのと同じ袈裟懸けで、志垣玄蕃は破れたのであった。

「これだけの腕を持ちながら……惜しい」

魂之介は懐紙で刃《やいば》を拭って、納刀した。

「良かったァ……」

忠吉たちは、ほっとして顔を見合わせる。

「せ、先生っ」

「先生がやられた……」

地獄道場の浪人たちが、動揺した。劣勢だった盗人どもも、浮き足立つ。

その時、表門の方から数十名の人間が、なだれこんで来た。捕方《とりかた》の一隊であった。

「南町奉行所与力《よりき》、宇田川寛蔵《うだがわかんぞう》であるっ」

陣笠に火事羽織という捕物支度《したく》をした与力が、大声で叫んだ。

「不逞《ふてい》の者ども、神妙に縛《ばく》につけっ」

緋房《ひぶさ》のついた指揮十手を振るって、地獄道場の浪人たちと盗人どもを捕縛してゆく。

昨日、門前で魂之介が地獄道場の四人を成敗した時から、この屋敷は遠くから町方の手の者に見張られていたのであった。

「与力殿、大儀《たいぎ》」

つかつかと宇田川寛蔵に近づいた魂之介は、

「わしは豪木魂之介じゃ」

「あ……」

宇田川与力の顔に、緊張が走った。

箝口令《かんこうれい》は敷かれているが、南北町奉行所の与力同心には、奉行から直々《じきじき》に魂之介の事件のことを知らされている。そして、「なるべく、豪木魂之介には関わり合うな」という指示が出されていた。

「あれなる小判は、盗人の隠し置いた金である。町奉行所に持ち帰り、貧民救済のために使っていただきたい。いや、その事は後刻《ごこく》、わしが町奉行殿に直接、お目にかかってお話することにいたそう」

「は、はあ……」

宇田川与力が、どう返事をするか迷っているうちに、

「では。拙者《せっしゃ》は、これにて御免」

魂之介は有無を言わせぬ貫禄で、忠吉とお仲、お菊を連れて、空き屋敷を出た。

与力も捕方たちも、呆然《ぼうぜん》として魂之介たちを見送る。

「お仲――」

夕闇が忍び寄る仙台堀の畔《ほとり》を歩きながら、魂之介が言う。

「はい、お殿様」

「済まなかったな、仇討ちをさせてやれなくて。だがな。いくら親の仇敵とはいえ、女のお前の手を血で汚させたくはなかったのだ。許せ」

しみじみとした口調で言う、魂之介だ。

「許せだなどと、お殿様……わたくしのような者に、そこまでお気遣いしていただけるなんて……」

お仲は涙ぐんだ。

「それから……お前たちは、早く江戸を離れた方が良い。あの三千両の詮議《せんぎ》が始まると、うるさいことになるからな」

お仲もお菊も、千里の虎の関係者とわかれば、罪を問われるのは間違いないの

だ。

「旅費のことなら心配いたすな。これから、佐賀町の信濃屋へ寄って、隠居から幽霊退治の褒美をもらうからな。のう、忠吉」

「へい、まかしておくんなさいっ」

忠吉は張り切った。

「あっしの舌先三寸で、十両の褒美を二十か三十に増やしてみせますからっ」

それを聞いた二人の女は、ひっそりと泣いているのであった。

第三話　豪剣侍、女忍《くのいち》三姉妹と闘う

第一章　全裸の刺客《しかく》

一

「その方《ほう》。今までに何人、斬っておるか」

夏頭巾《なつずきん》で顔を隠した武士が、訊《き》いた。

声の感じからして、この武士の年齢は、六十代半ばというところだろう。

「さて、ね」

内海紀三郎《うつみきさぶろう》は、無精髭《ぶしょうひげ》の伸びた顎《あご》を撫《な》でた。薄汚れた獄衣《ごくい》を着ている。

三十前後の、山犬を思わせる凶暴な顔立ちをした浪人者だ。

「覚えてはおらんな」

「だが、相当の腕前と聞いている。馴染みの岡場所《おかばしょ》の妓《おんな》に貢《みつ》ぐために、辻斬りをやって捕縛《ほばく》されたのは、運が悪かったのう」

「……」

「何の罪もない町人を斬って財布を奪ったのだから、死罪は当然だ。その方の処刑は、明日と決まっている」

「……」

紀三郎は黙りこんだ。

三月《みつき》ほど前――辻斬りをやった直後に、巡回中の町奉行所同心に見つかり、路地から路地へと逃げまわったが、大勢の捕方《とりかた》まで動員されて、ついに捕まった。

大番屋から小伝馬町《こでんまちよう》の牢屋敷にぶちこまれたが、責め問いをされても、辻斬り以外の犯行は一切、白状しなかった。

その結果、死罪――つまり、牢屋敷内の土壇場で首を打たれることになった。

もしも、内海紀三郎が今までしてのけた悪事の数々が全て発覚したら、斬首ではなく市中引き回しの上で磔《はりつけ》という判決になっていただろう。

二間牢《にけんろう》の中で、紀三郎は処刑は何時《いつ》かと悶々《もんもん》としていたら、深夜に、いきなり牢から出された。

そして、目隠しされて駕籠《かご》で運ばれて来たのが、この無住の寺なのである。

そこの本堂で彼を待っていたのが、夏頭巾の武士とその家臣であった。

「死にたくないか」

「愚問だな。生きていればこそ、酒も飲めるし女も抱ける。死にたいわけがないだろうっ」

吐き捨てるように、紀三郎は言った。

「では、明日の処刑を中止にさせてもよい。わしには、それだけの力がある」

「ほほう……」

紀三郎は、夏頭巾の武士をまじまじと見た。つまり、この武士は幕閣の大物か、それに連なる者ということだろう。

「んぅ、ん」

躯《からだ》のどこかが痛むのか、頭巾の武士は唸《うな》りながら身動《みじろ》きをした。それから、呼吸を整えて、

「……その方に、ある仕事を頼みたい。その前に、今から腕試しを受けてもらうがのう」

「その仕事をやり遂げたら、俺は、どうなる」

「無罪放免にしてやろう。牢から出て、自由の身になれるのだ」

「それだけかね」

「ん？　それだけとは？」

不審げに、その武士は言う。

「放免してもらっても、懐《ふところ》が空《から》っぽでは、また辻斬りに逆戻りだ」

紀三郎は、ふてぶてしい笑いを浮かべて、

「百両、もらおうか。無論、成功報酬で良い」

「此奴《こやつ》……はははは っ」

その武士は、愉快そうに笑った。

「よかろう。それだけ肝《きも》が据わっていれば、今度の仕事を任せ甲斐があるというもの」

それから、夏頭巾の武士は、家臣の方へうなずいた。

その家臣は、自分の後ろに置いてあった大刀と脇差を、紀三郎の前に置く。

それから、帯も置いた。獄衣の細帯《ほそおび》では、大小を差すことができないからだ。

「支度《したく》をしろ」

夏頭巾の武士の言葉に、紀三郎は無言で立ち上がった。帯を締めてから、大小を落とし差しにする。

「で、腕試しとは？」

武士は、白扇《はくせん》で表門を指した。

「門のところの燭台《しよくだい》に蠟燭《ろうそく》が点《とも》してあるだろう。ここからあそこまで歩いて、あの蠟燭を取り、また戻って来ればよい。それだけだ」

本堂から表門までは、三十四、五間というところだろう。途中の石灯籠《いしどうろう》には灯《ひ》がなく、曇天で月も星も見えない。

「ふむ……途中で襲って来る奴がいたら、斬り捨ててもよいのか」

「その方の好きにするがよい。そのための腕試しじゃ」

「よしっ」

本堂の出入り口から出た内海紀三郎は、そこに用意されていた草履《ぞうり》を引っかけた。

（子供じみた真似《まね》をしやがる……）

大刀を抜いて、二、三度、素振りをする。そして、鞘《さや》に納めた。

紀三郎は、ゆっくりと歩き始めた。大刀は、いつでも抜けるように、鯉口《こいぐち》を切った状態にする。

牢内の暮らしでも剣の腕は鈍っていない——と紀三郎は思う。むしろ、獣物《けだもの》じみた同房者たちと油断のできない生活しているうちに、生存本能が研ぎ澄まされたような気がした。

陰暦五月半ばの夜気は、梅雨時《つゆどき》の湿気を含んで、どんよりと重苦しい。

参道の左右の闇の中に、人の気配はなかった。

(気配を断つとは……それなりの腕前の奴を揃えているってことか。甘く見ねえ方がいいかな)

その時、紀三郎の耳に、空を裂く音が聞こえた。

「むっ」

紀三郎は抜刀し、勘だけで見えない何かを弾き落とした。棒手裏剣のようなものであった。

弾き落とした瞬間、紀三郎は、一間ほど跳んでいる。同じ場所に立ったままでは、第二、第三の手裏剣攻撃があると思ったからだ。

だが、着地した刹那《せつな》、彼の右足に何かが絡みついた。

「っ！」

先端に分銅《ふんどう》を付けた、細い縄であった。右の足首に絡みつくや、さっと引っぱられる。

「ぬぅっ」

紀三郎は尻餅《しりもち》をついた。が、とっさに、その細縄を斬り飛ばした。

急いで立ち上がると、全身を耳にして、周囲の気配を探る。

わからなかった。

最低でも、二人の敵が濃厚な闇の中に潜《ひそ》んでいるはずなのだが、どこにいるのか、わからない。

「くそっ」

紀三郎は大刀を下段に構えて、じりっじりっと表門の方へ向かった。

手裏剣であれ、分銅縄であれ、飛ばした時には空を裂く音がする。それを聞き分けて、よけるか、さばくか、それしか方法はない。

常人には無理だが、紀三郎ほどの腕前であれば、できないことではなかった。

周囲に気を配りながら、ようやく、紀三郎は表門まで二間ほどに迫った。

燭台の上の太い蠟燭の炎が、かすかに揺れている。

(もう少しだ……)

紀三郎が、表門まで一間ほどに迫った時、

「おっ?」

我が目を疑う事態が、起こった。

いつの間にか、燭台の脇に女が立っていたのである。それも、全裸の女が。

年齢は二十歳くらいだろう。

長い黒髪を腰まで垂らし、豊かな胸乳《むなぢ》も下腹部の豊饒《ほうじょう》な繁みも、剝《む》き出しであった。亀裂からのぞく花弁は、臙脂色《えんじいろ》をしている。

大きな目をした美しい女であった。

三ヶ月間、女っ気なしだった紀三郎は、腰椎《ようつい》の先端が燃えるような感覚に襲われた。

「お前は一体……」

思わず、紀三郎は、二、三歩、女に近づいた。

「……………」

女は無言で、にんまりと微笑《ほほえ》んだ。

「う………ォっ？」

紀三郎が、大刀を落とした。それから、顔面を掻きむしるような動作をして、そのまま横倒しになる。

参道脇の地面に横たわった時、内海紀三郎は、すでに絶命していた。

それを見届けた全裸の女は、参道を音もなく走った。

そして、本堂の前で片膝をついて頭を下げる。その両側に、藍鉄色《あいてついろ》の忍び装束《しょうぞく》をつけた者が二人、片膝をついた。

「よくやった」

本堂の前まで出て来て、頭巾の武士が言った。

「腕試しは終わった。さすが、最強の女忍といわれる甲賀《こうが》の凶華《きょうか》三姉妹じゃ。黒《くろ》百合《ゆり》、紅百合《べにゆり》、白百合《しらゆり》と申したな。お前たちの非凡な腕前は、たしかに見せてもらったぞ」

本当に腕試しをされたのは、この凶華三姉妹で、内海紀三郎はそのための生きた標的に過ぎなかったのである。

「畏《おそ》れいります」

右端の忍び装束が、低い声で言った。これが、長女の黒百合である。

「して、我らの狙うべき獲物は」

こう訊《き》いたのは、左端の三女・白百合であった。全裸の女は、次女の紅百合である。

黒百合、紅百合、白百合という美しい名前を持つ三姉妹だが、狙った相手は必ず仕留めるところから、凶華三姉妹と呼ばれているのだった。

甲賀忍者の宗家は徳川家に忍び同心として仕えている多羅尾家《たらおけ》だが、この三姉妹は無心流《むしんりゅう》という分派に属している。

「うむ。素浪人だが、腕はかなり立つ。達人といっても良かろう」

苦々《にがにが》しげな口調で、夏頭巾の武士は言った。

「そやつの名は――豪木魂之介《ごうきたまのすけ》」

二

「――お殿様。近頃は、誰も揉め事の相談を持ちこまないから、少し暇でござんすねえ」

晩酌の相手をしながら、そんなことを愚痴ったのは、高麗鼠《こまねずみ》の忠吉《ちゅうきち》である。

「ははは。暇は大いに結構なことではないか、忠吉。それだけ、御府内が穏やかだということだ」

盃《さかずき》を手にして笑ったのは、毒虫退治の大江戸豪剣侍こと豪木魂之介だ。帯に差しているのは、脇差だけである。

内海紀三郎が無住の寺で殺害されてから、三日後の夜更《よふ》けであった。

魂之介と忠吉が飲んでいるのは、深川冬木町《ふかがわふゆきちょう》にある例の幽霊屋敷の十畳間だ。庭では、その根元に三千両が埋めてあった柿の木が、石灯籠の明かりに照らし出されている。

今、ここは、魂之介の住居となっているのだ。

それというのも、幽霊騒動を解決し、凶賊の辰巳《たつみ》一味と地獄道場の悪党どもを一網打尽《いちもうだじん》にした魂之介の活躍を一番喜んだのが、和泉屋《いずみや》の現在の主人の久次郎《きゅうじろう》であった。

先代で実父の久兵衛の不始末のために、妾《めかけ》と下女の血まみれの殺人現場となった屋敷は、住むどころか売却もできなかった。

さらに幽霊の目撃譚《たん》で世間で騒がれて、和泉屋の本業にも差し支える始末。主人の久次郎は、ほとほと困っていたのである。

その悪評の黒い雲を、痛快な悪党退治で吹き飛ばしてくれたのが、豪木魂之介であった。

わざわざ、伝助《でんすけ》長屋の忠吉の宅までお礼に訪れた和泉屋久次郎は、「ぜひとも、あの屋敷に住んで下さいまし」と魂之介に頼みこんだ。

賃貸料無し、期間は無期限という破格の好条件である。さらに、久次郎は、大工や植木職人を入れて大々的に屋敷を補修するという。

魂之介は礼を言って、相手の要望に応えることにした。

こうして、補修の済んだ半月ほど前から、冬木町の屋敷に、魂之介と忠吉は住むようになったのである。

町人にしては奢《おご》った造りであった安土門《あづちもん》も土塀《どべい》も、元大身《たいしん》旗本の魂之介が住む屋敷としては、ぴったりであった。

下男《げなん》も下女も女中も雇わず、男二人の気楽な暮らしである。今のところ、三日に一度、飯炊きの老婆《ろうば》が来てくれる以外は、一切の家事を感心にも忠吉がこなしていた。

「それにしても、お殿様が乗りこんだ時の南の御奉行様の苦り切った御顔を思い出すと、あっしは今でも可笑《おか》しくなりますよ」

味噌漬け豆腐を口に運びながら、忠吉が言った。膳の上の肴《さかな》は、近所の仕出し屋から取り寄せたものである。

「これこれ、それは忘れてやるのだ。向こうにも、体面というものがあるからな」

――南町奉行所の与力《よりき》・宇田川寛蔵《うだがわかんぞう》が率いる捕方の一隊が辰巳一味と地獄道場

の一党を捕縛《ほばく》すると、魂之介は掘り出した千里《せんり》の虎《とら》の隠し金の三千両を、彼に預けた。

そして、千里の虎の娘であるお仲《なか》と女盗人《おんなぬすっと》のお菊《きく》を連れて、堂々と幽霊屋敷から出たのである。

佐賀町《さがちょう》の信濃屋《しなのや》へ行って忠吉が幽霊退治の顚末《てんまつ》を隠居に説明すると、魂之介の意気に感じた隠居は、十両の約束のところを五十両出してくれた。

魂之介は、それを全額、お仲とお菊に路銀《ろぎん》として渡した。

そして、その場から二人を大坂へ旅立たせたのである。辰巳一味の本格的な取り調べが始まる前に、江戸から逃してやったのだ。

その二人が高輪《たかなわ》の大木戸跡を通り過ぎて江戸から出た頃を見計らって、魂之介は、南町奉行所に向かった。

忠吉を供にして、数寄屋橋《すきやばし》門前の南町奉行所に正面から乗りこんだ魂之介は、「拙者《せっしゃ》は豪木魂之介という者だが、御奉行殿に御意《ぎょい》を得たい」と申しこんだ。

すぐさま、魂之介は奉行の用部屋へ通された。

実は、正確にいうと、魂之介は素浪人ではない。まだ、旗本の身分を正式には失ってはいないのだ。

もしも、改易とか他家へのお預けとかいうように彼の身分を正式に剝奪しようとすると、どうしても、老中筆頭殴打事件を書類に記載しなければならなくなる。それは、幕府としても非常に困ることなのだ。

だから、旗本のような素浪人のような、そんな中途半端な状態のまま放置して、なるべく魂之介には当たらず障《さわ》らずで、透明人間であるかのように無視する——日本の官僚機構お得意の棚上げ有耶無耶《うやむや》処理であった。

だが、南町奉行の筒井紀伊守政憲《つついきいのかみまさのり》は覚悟を決めて、魂之介と面会した。面会を断ったら、さらに問題がこじれるだろうと思ったからだ。

魂之介の「三千両を御公儀の金蔵には入れずに、全額を貧民救済に使うと約束していただきたい」という申し出に、紀伊守は「その願いは、評定所《ひょうじょうしょ》に報告しておきます」という玉虫色の解答で逃げようとした。

ところが、魂之介は「いや、ここで御奉行殿の確約をいただきたい」と粘る。紀伊守が逡巡していると、「では、この御部屋を借りて、わしは腹を切らせていただく」と魂之介が言い出した。

脅《おど》しではなく本気で言っているのだから、余計に質《たち》が悪い。

だが、千二十石の旗本が南町奉行の用部屋で切腹などしたら、老中筆頭殴打に並ぶほどの大事件である。そんな事が起こったら、誰が、どんな責任をとらされることになるのか。

ついに、筒井紀伊守が折れて、「必ず貧民救済にあてる」と約束したのであった。

そして、南町奉行の言質《げんち》を取った魂之介は、彼に厚く礼を言って、意気揚々《ようよう》と引き上げたのだ……。

「いや、紀伊守もできた御仁《ごじん》よ。ちゃんと約束を守って、貧民や寡婦《かふ》に無利息で生活費を貸したり、お救い小屋を建てたりしているのだからな」

「そういえば、そうでございますねえ」

忠吉がうなずきながら、魂之介の盃に酒を注いだ時、

「む……」

突然、豪剣侍の眉間《みけん》に深い縦皺《たてじわ》が刻まれた。

「どうかしましたか、お殿様」

「表門で音がした。誰かが門扉《もんぴ》にぶつかったような音であったぞ」

「へえ。あっしには、何も聞こえませんでしたがねえ……とにかく、見てきましょう」

気軽に立ち上がった忠吉は、庭下駄を引っかけて、安土門の方へ行く。

その間に魂之介は、床の間の刀掛けから大刀を取った。それを、左腰に落《くぐ》とす。

夜更けだから門扉は閉じられているが、敷地内から見て門の右側に潜り戸があった。その潜り戸を手前に開けて、忠吉は、顔を突き出した。

「あ、お殿様っ」

忠吉が、あわてて叫んだ。

「門の前に、女が倒れてますぜっ」

「何っ」

魂之介も庭下駄を履くと、すぐさま、潜り戸のところへ駆けつける。

外へ出てみると、門の前に紫矢絣《むらさきやがすり》の帷子《かたびら》を着た女が倒れていた。

どこかの腰元らしい。履物《はきもの》はなく、足袋《たび》はだしであった。

「これ、お女中。しっかりしなさい」

魂之介は、腰元を抱き起こした。同時に、周囲の気配を探っている。
二十二、三の片手髷《かたてまげ》の女だ。武家屋敷の奥向きに奉公する女の髪型である。
普段は美しい腰元であろうが、今は苦悶の表情であった。

「苦しい……父上……多絵《たえ》………」

絞り出すような声で言った女は、急に、かっと両眼を見開いた。

「し…死ぬのは厭《いや》……怖いっ」

叫ぶように言った次の瞬間、がっくりと頭《こうべ》を垂れた。絶命したのである。

「哀《あわ》れな……」

沈痛な面持《おもも》ちで魂之介は、そっと女の頭を地面に下ろした――が、その瞬間、素早く大刀の小柄《こづか》を抜いて、手裏剣に打つ。

「わっ」

土塀の角から様子を窺《うかが》っていた奴が、小柄を左肩に受けて、叫び声を上げた。すぐに、路地の奥へ駆けこむ。

「お、曲者《くせもの》ですかっ」

張り切って追いかけようとする忠吉に、

「やめておけ、危ないぞ。それよりも、腰元の行き倒れがあった――と近くの自身番に届けてくれ」

そう言って、魂之介は、女の軀《からだ》を軽々と抱き上げた。

三

一刻半《いっときはん》——三時間ほどして、医者と岡《おか》っ引《ぴき》を伴ってやって来たのは、二十代前半の若い同心であった。生真面目そうな風貌である。

「北町奉行所の定町廻《じょうまちまわ》り同心、津島徹次郎《つしまてつじろう》と申します。これなるは御用聞きの徳松《とくまつ》、こちらは検屍《けんし》をしていただく有馬良伯《ありまりょうはく》殿です。仙台堀《せんだいぼり》の御前のお噂は予々《かねがね》——」

両手をついて挨拶《あいさつ》した津島同心の好ましい態度に、魂之介は笑顔を見せる。

「ご丁寧な挨拶で、痛み入る。豪木魂之介は、一介の素浪人じゃ。お気楽に」

「畏れいります」

津島同心も、ほっとして打ち解けた様子になった。

腰元と思える女の亡骸《なきがら》は、例の十畳間に寝かせてあった。魂之介は、女を発見した時の経緯《いきさつ》を、津島同心に詳しく説明する。

「おそらく、この女は我が屋敷の前まで来た時に、よろけて門扉にぶつかり、そのまま倒れたのであろう。わしが聞いたのは、その音だったのだ」

「なるほど」

「検屍の済まぬうちに、勝手に死骸を屋敷内に運びこんで済まなかったな。絶息したとはいえ、女を門の前に倒れたままにしておくのは、何とも無惨《むざん》に思えての う」

「お優しいのですな、御前は」

感心した津島同心は、徳松と一緒に死骸を庭へ下ろそうとした。

「いや、その必要はない。検屍もここで行うように」

「えっ」

驚いて、津島同心と徳松は顔を見合わせる。

「御前様」

有馬良伯が、遠慮がちに言った。

「検屍というものは非常にお見苦しいもので、畳なども汚れるかも知れません。ですから、庭先の方が……」

「汚れた畳は、後で拭けばよろしい。かつて、殺し合いのあった屋敷だ。今さら、穢《けが》れも何も気にすることはない。仏《ほとけ》となった者を畳の上に寝かせて、何の不都合があるものか。武士という者は、屍《しかばね》の折り重なる戦《いく》さ場でも平気で眠れるようでなければ、物の用には立たぬよ。わしは、一向にかまわぬ」

あっさりと言った魂之介が、眼に怒りの色を浮かべて、

「その女はな。息を引き取る間際に、死ぬのが怖い――と申していた。それが最後の言葉だ、わしは、不憫《ふびん》でならぬ。他人《ひと》に害されたものなら、必ず、このわしが仇敵《かたき》を討ってやると約束した。だから、庭で筵《むしろ》に寝かせたりせずに、ここで検屍をしてくれ」

「承知いたしました」

魂之介の言葉に感謝して、剃《そ》り上げた頭を深々と垂れる、良伯であった。

――四半刻ほどしてから、忠吉が用意した小盥《こだらい》の微温湯《ぬるまゆ》で、良伯は手を洗った。

それから、魂之介と津島同心に向かって、

「これは、毒殺でございます。病《やまい》でも怪我《けが》でもありません」

「ほう……」

魂之介は、深々と腕組みをする。

「毒は何です。石見《いわみ》銀山ですか」

石見銀山とは、砒素《ひそ》のことである。この時代では殺鼠剤《さっそざい》として使用されていたから、入手の容易な毒薬であった。

「それがどうも……」良伯は苦笑する。

「お恥ずかしいことに、わかりかねます。無味無臭で、おそらく南蛮《なんばん》渡りのものではないでしょうか。胃の腑《ふ》に茶が残っていましたから、茶に溶かしこんであったのですな。たぶん、飲んでから四半刻から半刻ほどで命をとる毒でしょう」

「なんで、四半刻から半刻とおわかりで？」

岡っ引の徳松が訊《き》いた。

「足袋の裏の汚れ、それと足の裏の様子からして、このお女中は四半刻ほどは歩いていたようですから」

「なるほど、毒を飲まされて、すぐに、その場所から逃げ出したとしても、四半刻か……」

津島同心も、考えこむ。

「それから、男を識《し》らぬ生娘《きむすめ》でした。手籠《てごめ》にされておらず、襲われて抵抗した様子もありません。筋骨の発達の様子からして武術の心得があるようですから、町娘ではなく、御家人《ごけにん》か浪人の娘でしょうな」

死に際に「父上」と言ったことからしても、侍の娘に間違いないようであった。多絵と呼んだのは、おそらく、妹の名前であろう。

「よくわかりました。深夜に、お手数をおかけしました」

津島同心は、良伯をねぎらう。忠吉が手配しておいた駕籠で、有馬良伯は帰って行った。

「――津島殿」魂之介は言った。

「深川には、大名家の下屋敷や旗本屋敷が幾つもある。女が夜更けに明かりも持たず、しかも、足袋はだしで死の恐怖に怯《おび》えながら歩いていたのだ。しかも、追っ手から逃れながら、な。この女が逃げ出して来た屋敷は、およそ五、六町以内……どんなに遠くても、十町以内にあると思われるが、如何《いかが》か」

「御前の慧眼《けいがん》には畏れいります。わたくしも、同じような考えでおりました」

津島同心は、うなずいた。

「生娘だということは、出合茶屋で男と逢い引きした挙げ句に痴情《ちじょう》のもつれから毒を盛られた――とは考えられません。やはり、奉公先の屋敷で毒を飲まされたのでしょう」

「たかが腰元一人を殺害するのに、高価な南蛮の毒薬を使うとは……ちと、腑《ふ》に落ちぬのう。屋敷の中なら、無礼討ちという名目で斬り殺しても、絞殺してから首を吊って自殺したと届け出ても良いはずだ。なぜ、わざわざ毒殺したのか……」

「どうやら、そのあたりが、この事件の肝《きも》でございますな」

津島同心は、徳松に絵師を手配するようにと申しつけた。毒殺された女の似顔絵を描いて、身許《みもと》調査の手がかりにするのだ。多絵という妹がいるらしいということも、手がかりになるだろう。

その間に、津島自身は、この屋敷の周囲を調べてみるという。魂之介の小柄を受けた奴が血痕《けつこん》を残していれば、それを辿《たど》れるかもしれないからだ。

「津島殿。まずは、その手配りで宜《よろ》しかろう。それ以上のことは、夜が明けてからでないと、どうにもなるまい」

そう言った魂之介は、忠吉の方を向いて、

「さて。わしらは、この不憫な腰元の通夜《つや》をしてやろうか――」

第二章　白百合、姦《や》る

一

奥の六畳間に敷いた夜具に、名も知れぬ腰元の亡骸《なきがら》は寝かされた。

顔に白布をかけて、枕元には逆さ屛風《びょうぶ》、形ばかりの香華《こうげ》を供《そな》える。

徳松が手配した似顔絵描きの絵師も帰って、彼女の通夜をするのは豪木魂之介と忠吉の二人だけだ。

「お殿様、こんな別嬪《べっぴん》さんが、男も識《し》らずに死ぬなんて気の毒ですねえ。生きてさえいりゃあ、楽しいことも嬉しいことも、たんとあったろうに」

通夜の酒を飲みながら、忠吉が言う。

「そなたの申す通りだ」

魂之介は同意した。大刀は、軀《からだ》の左側に置かれている。

「どうしても身許《みもと》がわからなかったら、この腰元は我が家の菩提寺《ぼだいじ》に葬《ほうむ》ってやろう」

「見ず知らずの他人をそこまで面倒みるなんて……情が深いねえ、お殿様は。だから、俺は惚れてるんだ」

「ははは。褒められるのは、悪くないのう」

笑顔を見せた魂之介は、盃《さかずき》を干す。

「それにしても、たかが腰元を高価な毒薬で殺す理由とは、何であろうか……」

考えこんでいた魂之介が、ふと、眉を動かした。

「――忠吉」

「へい？」

「そこに逆さ屛風があるな」

「ありますねえ」

今さら何を当たり前のことを訊《き》くのかと、忠吉は、ぽかんとする。

「そなた、屛風の後ろに立ってみてくれ」

「はあ……」

何が何だかわからないが、忠吉が立ち上がって屛風の後ろへまわった時、

「──えいっ」

裂帛《れっぱく》の気合とともに、魂之介の背後の襖《ふすま》を突き破って、鑓穂《やりほ》が飛び出して来た。

「むっ」

魂之介は、相手が後退させるよりも早く、その手鑓の柄《つか》を右手で掴《つか》んだ。さらに左手でも掴むと、左肩で担《かつ》ぐようにして前へ倒す。

「うわあっ」

襖を突き破って、頭から六畳間に転げこんだのは、鑓の遣《つか》い手《て》である。そいつは一回転し、さらに次の襖を倒して十畳間に倒れこんだ。

襷掛《たすきが》けをした武士で、覆面までしている。

魂之介が、邪魔にならないように忠吉を屏風の後ろに退《さ》がらせたのは、こいつが襖の向こうにいる気配を感じたからであった。

「忠吉、逃げろっ」

そう言って立ち上がった魂之介の左手には、大刀が鞘《さや》ごと握られている。

その大刀を帯に差しながら、魂之介は、ゆっくりと十畳間へ移動した。右手には手鑓を持ったままだ。

「通夜の席を騒がす不届き者めっ」

魂之介がそう言うと、夜の闇の中から庭先に飛び出して来たのは、やはり覆面をした五人の武士である。

一斉に抜き放った五振《ごふり》の大刀が、石灯籠《いしどうろう》の明かりを弾いて、ぎらりと光った。

「物取りにしては、仰々《ぎょうぎょう》しいな。わしの命を奪りに参ったようだが……」

五人を睥睨《へいげい》しながら、魂之介は言った。

「その方《ほう》どもは、あの腰元を殺した者の家来か。何処《いずこ》の家中の者か、主家の名を申してみよ」

「とぉっ」

魂之介の問いかけを打ち消そうとするかのように、正面の武士が猛然と斬りかかって来た。

小柄を打たれた奴が、何とか主人のところへ逃げ帰って状況を報告し、魂之介の口封じのために六人組の刺客《しかく》がやって来たのだろう。

「ぬるいっ」

振り下ろされた刃《やいば》を、魂之介は手鐺で払い上げた。さらに鐺を回して、その石《いし》突《づき》で武士の胸を突く。

宝珠型《ほうじゅがた》の石突で胸の真ん中を鋭く突かれた相手は、文字通り、後方へ吹っ飛んだ。大刀も、どこかへ吹っ飛んでいる。

そいつが背中から地面に叩きつけられると、魂之介は庭へ降りた。裸足である。

「さあ、次は誰か」

それを聞いた四人は、弧を描いて魂之介を包囲する。左右に二人ずつ、左斜め前に一人、右斜め前に一人――だ。

「ふむ……」

魂之介の口元に、笑みが浮かぶ。

四人の考えが読めたからだ。一人ずつではなく、おそらく、全員が一斉に斬りかかるつもりだろう。

手鐺を片手下段に構えて、魂之介は、何事もなく自然に佇《たたず》んでいるように見えた。だが、見る者が見れば、豪剣侍には一分《いちぶ》の隙《すき》もないことがわかったであろう。

「……」

強《こわ》ばった表情で互いの呼吸を合わせていた四人は、次の瞬間、

「でええいっ」

同時に、斬りかかった。

もしも並の腕前の刺客であったなら、一人か二人の攻撃はさばけても、三人目

か四人目に斬られていたに違いない。

しかし、魂之介の腕前は並どころではなかった。

「むんっ」

手鑓を横へ払って、右斜め前から来た奴の大刀を弾き飛ばした。さらに、その余勢で右側から来た奴の大刀を、くるりと絡《から》め取る。

絡め取った大刀を夜空に放り捨てるが早いか、左側から来た奴の鳩尾《みぞおち》を、石突で突いた。

これで三人目だ。

左斜め前から来た四人目の奴は、大上段から斬りこもうとした。

魂之介は自分から前に出ると、刃が振り下ろされる前に、横一文字に構えた手鑓の柄で相手の胸を押した。

押したといっても、相手にとっては、暴走して来た大八車と正面衝突したほどの衝撃があっただろう。

「がっ」

そいつの軀《からだ》は、二間《にけん》ほど後ろへ吹っ飛んだ。

瞬《またた》く間に四人を倒した魂之介は、ふっと振り向いて、

「おう、目覚めたか」

手鎖の遣い手だった武士が立ち上がったのを見て、嬉しそうな表情になる。

「そうだ。そのくらいの気合がなくては、刺客の役目は果たせまい。どうする、次は刀で来るか」

「むむ……」

そいつは大刀の柄に右手をかけたが、魂之介に見据えられていると、金縛《かなしば》りにあったように抜刀できない。

「ちっ」

庭へ飛び下りると、鳩尾を石突で突かれて苦悶している奴を、助け起こす。それを見て、他の四人も助け合いながら立ち上がった。

そして、脱兎《だっと》の如く裏門の方へ逃げ出した。

「何だ。せっかく攻めて来ながら、歯応えのない奴らよ……」

魂之介は舌打ちをして、地面に手鎖を突き立てる。

「こんなに早く逃げ出すと知っていたら、口を割らせるために、一人くらいは動けないようにしておくべきであったな」

そこへ、台所へ逃げこんでいた忠吉が、足拭き用の雑巾を持って、現れた。

「お殿様、おみ足を」

「おう。すまんのう」

足の裏を拭いてもらった魂之介は、元の六畳間に戻った。

幸い、寝かせていた腰元の亡骸には異常がないようである。

「破れた襖は、どこかに一纏《ひとまと》めにしておくがいい。明るくなったら、建具屋を頼むことだ」

「へい、へい」

忠吉は、何枚かの破れ襖をかかえて、納戸《なんど》の方へ行った。

「だが、これで、男女の痴情沙汰ではなく、大名家か旗本の家に絡んだ事件のために腰元が毒殺されたのだということが、はっきりしたわけだな……」

そう呟《つぶや》きながら、魂之介は、腰元の枕元に腰を下ろした。大刀は、躯の左側に置く。

見ると、膳に載せた徳利《とっくり》と盃も奇跡的に無事であった。魂之介は、その膳の方へ手を伸ばした。

その刹那《せつな》、白布をかぶった亡骸が飛び起きた。

「っ！」

右手に持った両刃《もろは》の得物《えもの》で、魂之介の胸を突こうとする。とっさに魂之介は、左手の甲でその女の頰《ほお》を引っぱたいた。

引っぱたいたといっても、そこは、上腕部の太さが普通の女性の太腿《ふともも》ほどもある魂之介の裏手打ちだ。

女の軀は、半間ほど吹っ飛んで、畳に倒れこむ。

矢絣の着物姿ではなかった。その女は、藍鉄色《あいてついろ》の忍び装束を纏《まと》っていた。足袋まで藍鉄色であった。

二

「む……何者だ、その方は」

左手で大刀を摑んだ魂之介が、誰何《すいか》する。

絶命したはずの者が何かの拍子に息を吹き返したのか――と思ったら、明らかに死んだ腰元とは別人なのである。

十代後半で、清楚な顔立ちをした娘であった。髷《まげ》を結《ゆ》わずに、髪は項《うなじ》のあたりで括《くく》って、背中へ垂らしている。

「ちっ」

女忍《くのいち》の娘は片膝立ちになると、両刃の得物を逆手《さかて》に構えた。

細長い刃が、笹の葉のような形状をしている。苦無《くない》と呼ばれる忍者の武器であった。

「おい。ここに横たわっていた腰元の亡骸は、どうした」

「…………」

娘は無言で、魂之介を睨《にら》みつける。

「どうでも話してもらうぞ」

魂之介は、大刀の鯉口《こいぐち》を切った。ほぼ同時に、娘は足の指で摑んでいた上掛けを、魂之介に向かって放る。

「ぬっ」

魂之介は、その上掛けを大刀で真っ二つに切断して、視界を確保した。が、斬られた上掛けの向こうに、娘の姿はなかった。

「!?」

とっさに、魂之介は右側に転がる。

直前まで魂之介が存在していた空間を、苦無が貫いて、背後の畳に突き刺さった。

その苦無は、斜め上から急角度で飛来したものであった。

見上げると、娘は、天井の角に頭をつけるようにして、そこに貼りついていた。

しゃがみこむようにM字の形に両足を曲げた姿勢で、踵《かかと》は左右の鴨居《かもい》に乗せている。

上掛けを魂之介に放って目隠しにして、その一瞬の隙に、女忍の娘は天井近くまで跳躍したのであった。

その姿勢から、娘は、第二の苦無を投げつけようとした。

魂之介は、死者が使っていた安土枕を摑んで、それを投げつける。

安土枕は、木製の箱枕の上に円筒形の括枕を縛《しば》り付けたものだ。それなりに重さもあるし、何よりも箱枕は立体の台形だから角がある。

しかも、それを投げつけた者が余人《よじん》ではない、豪木魂之介なのだ。

とんでもない速さで飛んできた安土枕を、娘は、かわすことができなかった。

「ぐっ」

右肩に命中した安土枕は、衝撃で括枕が破裂して籾殻《もみがら》が飛散し、箱枕が割れてしまう。

体勢を崩した娘は、逆さになって畳の上に落ちた。

夜具を飛び越えた魂之介は、大刀の柄頭を娘の首の付根《つけね》に叩きこむ。

「ん……」

ぐったりとして、忍び装束の娘は動かなくなった。気を失ったのである。

「どうしました、殿様っ」

納戸の方から、忠吉が素っ飛んで来た。

「あれま。何ですか、その娘は？」

「忠吉、あの腰元の亡骸が消えた。他の部屋を探して見てくれ」

「へ、へい……」

首を捻《ひね》りながら、忠吉は隣の座敷へ行く。

魂之介は、忍び装束の袴《はかま》の紐を解いて、脱がせた。

娘は、幅の狭い女下帯《おんなしたおび》を締めていた。丸い臀《しり》の割れ目に、緋色《ひいろ》の下帯が紐のように細くなって、くいこんでいる。

上着を脱がせると、胸に白い晒《さら》し布を巻きつけて、乳房のふくらみを目立たなくしてあった。安土枕のぶつかった右肩は、赤くなっている。

魂之介は、忍び装束の右袖《みぎそで》を引き千切った。そして、袴の細帯も引き千切る。

この細帯を縄代わりにして、娘を後ろ手に縛《しば》った。そして、両足首をX字のように交差させる形で縛る。両足は、くの字型に左右に開いた格好になった。

それから、右袖を細く裂いて、その布で娘に緩《ゆる》く猿轡《さるぐつわ》を噛ませる。これで、女忍の娘は、逃げることも舌を噛んで自害することも、できなくなったわけだ。

胸の白い晒しと藍鉄色の足袋以外は裸の女体というのは、妙に扇情的である。

両肩を摑み背中に膝を当てて、魂之介は、娘に活《かつ》を入れた。

「む……………」

低く呻《うめ》いて、娘は、意識を取り戻した。自分が絶望的な状態に置かれているのを知って、愕然《がくぜん》とする。

「これ、娘。その方は、わしの命を狙った者ではあるが、なるべくならば酷《むご》い目には遭《あ》わせたくない。素直に話してくれれば、何もせぬと約束しよう。どうじゃ」

「………」

仰向《あおむ》けに寝かされた娘は、魂之介を睨みつけると、そっぽを向いた。

「お殿様。あの別嬪さんの死骸は、どこにもありませんぜ」

戻って来た忠吉が、報告する。

「生き返って自分で歩いて逃げ出したんでなけりゃあ、誰かに盗み出されたんですかね」

「そうだな」魂之介は溜息《ためいき》をついた。

「では……この娘の軀に訊くしかあるまい」

それを聞いた忠吉は、

「あっしは、その……台所の方の片付けがありますんで、はい」

気を利かせて、引っこんでしまった。いくら漢《おとこ》同士の誓いの盃を交わした間柄でも、忠吉としては、魂之介の媾合をそばで見ているのは極《き》まり悪い。

魂之介は、帯を解いて着物を脱いだ。下帯一本の逞《たくま》しい半裸となって、娘の前に仁王立ちになる。

その下帯も取って全裸になると、だらりと垂れ下がった肉根を摑んで、ゆっくりと扱《しご》き始めた。

「もう一度だけ、訊く。何もかも白状する気はないか」

「…………」

娘は、首を左右に振った。が、男の勇壮な道具を見て、目には驚きと怯《おび》えの色が浮かんでいる。

三

豪木魂之介の肉根はたちまち、そそり立った。茄子色《なすいろ》に光る巨根である。しかも、独立した生きものであるかのように、脈動していた。

「ん……？」

娘は、信じられないという表情になる。

魂之介は、藻掻《もが》く娘の軀を易々《やすやす》と二つ折りにした。さすがに女忍だけあって、肉体の柔軟度が高い。

左手で、交差させた足首を娘の頭の上まで持って行った。そして、緋色の下帯を引き千切る。

帯状の淡い恥毛に飾られた亀裂が、剝《む》き出しになった。朱色の亀裂も、丸見えになる。

いや、それだけではなかった。軀が二つ折りになったために臀の割れ目が開いて、赤みを帯びた排泄孔までが完全に露出してしまう。

魂之介は、右手で摑んだ巨砲の先端を、朱色の亀裂にあてがった。

「んぅ……んぅ……っ」

娘は恐怖に両眼を吊り上げて、必死で頭を左右に振る。

しかし、娘の予想に反して、魂之介は突入しなかった。その代わりに、丸々と柿の実のように膨れ上がった玉冠部《ぎょくかんぶ》で、娘の秘部を叩き始めた。

桴《ばち》で太鼓を叩くように、とん、とん、ととん……と軽く叩く。

「……？」

娘は、不審げに魂之介の顔を凝視する。

豪剣侍の顔には、淫《みだ》らがましい表情は全くなかった。刀剣の手入れでもしているかのように、落ち着いた眼差《まなざ》しで、若い女忍の秘部を見つめる。

ややあって、女の部分に変化が起こった。

熱く硬く巨《おお》きな肉の塊で刺激されているうちに、その特異な刺激によって、娘の秘部から透明な花蜜が滲み出してきたのである。

娘の意志とは無関係に、花園から溢れた愛汁は、蟻《あり》の門渡《とわた》りを経て後門までも濡らしてしまう。

それを見届けた魂之介は、いきなり、ずぶり……と巨根を没入させた。

予備動作が皆無だったので、娘の肉体は身構える暇がなかった。

「……っ！」

娘は叫び声を上げたが、それは猿轡に遮《さえぎ》られて、くぐもった呻きにしか聞こえない。だが、魂之介は、玉冠部の下のくびれまで挿入したところで、男根を停止させる。

処女ではなく、男性体験はあるが、その回数は多くはない――女壺《にょつぼ》の構造と肉《にく》襞《ひだ》の感触から、魂之介は、そう読みとった。

一気に根元まで没入せずに玉冠部を入れただけで、魂之介は、ゆっくりと腰を回す。つまり、女壺の浅いところを内部から摩擦するわけだ。

「………」

娘は猿轡を固く噛みしめて、その動きがもたらす快感を無視しようとした。

だが、しばらくすると、娘の頬は紅潮して額《ひたい》に汗の珠《たま》が浮かぶ。

「あ……ううう………」

猿轡の間から、甘い啜《すす》り泣きの声が洩《も》れてきた。結合部からは、さらに愛汁が溢れる。

「どうだ、娘」魂之助は尋ねた。

「これを抜こうか、どうする」

「んんっ」

娘は、首が千切れるのではないかと思うほど強く、横に振った。

「ほう、抜いて欲しくないか。それなら、二度、うなずくが良い」

即座に、娘は二度、首を縦に振った。

「そうか。では、もっと奥まで入れて欲しいか。どうだ」

娘は力強く二度、うなずいた。

「よし、よし。さほどに、わしの魔羅が欲しくば、くれてやろう」

魂之介は体重をかけて、ずず……と男根を挿入してゆく。

「ひィイ……………っ」

細く高い悲鳴が、猿轡の間から洩れた。無論、それは苦痛からではなく、その正反対のものであった。

長大な巨根の三分の二までが没したところで、玉冠部は奥の院に突き当たった。

魂之介は、その最大深度を確認してから、腰を抽送《ちゆうそう》させる。力任せに突きまくるのではなく、相手の反応を計りながら緩急自在に腰を動かした。

あれほど頑《かたく》なであった娘は、今は目を閉じて喘《あえ》ぎながら、無心に悦楽を味わっている。

それが偽《いつわ》りの擬態でない証拠に、彼女の蜜壺は男根を、きゅっ、きゅっ……と情熱的に締めつけていた。

魂之介は、袖で作った猿轡を外してやる。すると、娘は目を開けて、

「口…吸ってぇ……」

蜜をかけたような甘声で、ねだった。

「うむ――」

魂之介は唇を合わせた。娘が夢中で舌を入れてくるので、こちらからも絡めてやる。

二人の舌が、互いの口腔《こうこう》を行き来した。

万が一、娘が彼の舌を噛み切ろうとしても、魂之介はそれを阻止する自信があった。その素振りを見せた瞬間に、顎の蝶番《ちょうつがい》を強く押さえつけてしまえば、歯を噛み合わせることはできなくなる。

だが、それは杞憂《きゆう》であった。魂之介が唾液を流しこむと、娘は嬉しそうに嚥下《えんげ》する。

「そなたの名は」

口を外して、魂之介は訊いた。

「……白百合」

娘は、喘ぎながら答える。年齢は十八だという。

「綺麗な名前だな。顔立ちも名前も美しく、しかも――」

魂之介は、ずんっ……と少し荒っぽく突いた。

「あんっ……」

白百合は眉間《みけん》に縦皺《たてじわ》を刻んだが、もはや、多少の苦痛は快楽の味つけになってしまう肉体状況だ。

「女門の味も素晴らしい」

お世辞ではなかった。鍛え抜いた女忍の若々しい肉襞は、新鮮な味わいである。

「嬉しい……」

蕩《とろ》けそうな目で、白百合は魂之介を見た。

「魂之介様ァ…もっと……もっと、白百合を可愛がっててぇ……」

「その前に教えてくれ。腰元の亡骸は、どこへやった」

「存じません……」

「なに、知らぬと申すか」

魂之介は、腰の動きを停止させた。

「本当です、信じてっ」

白百合は臀を揺すり上げて、哀願する。

少し考えてから、魂之介は、足首を縛っている細帯を解いてやった。両手も自由にしてやる。

すぐに、白百合は抱きついてきた。両足も魂之介の腰に絡ませる。そして、何度も臀を突き上げながら、

「突いて、魂之介様……こんなの初めて……………お願いだから、ぶっといお珍々で、わたくしの秘女子を突きまくってっ」

涙声で、白百合は訴える。

その様子を見て、魂之介は、この女忍が嘘を言っていないと判断した。

「そなたは、わしを殺すために、この屋敷に忍びこんだのだな」

緩やかに腰を動かしながら、魂之介は質問を再開した。

「はい……天井裏に忍び入りました」

すると、六畳間の方で騒ぎが起こったので、白百合は、廊下に降りてから通夜の間の様子を見た。その時には、すでに夜具は空っぽだったという。

それで、白百合は腰元の亡骸にすり替わって、夜具に横たわり白布を顔にかけ

たのであった。隙を見て、魂之介を刺殺するためである。

そして、庭での闘いを終えた豪剣侍が六畳間に戻って来たのだった……。

「そうか」

腰元を運び去ったのは、あの覆面の武士たちの仲間だろう――と魂之介は考えた。

あの六人は陽動部隊で、魂之介の注意を引きつけておき、その間に別の一隊が腰元の亡骸を持ち去ったのだ。その直後に、白百合が六畳間に入って来たのである。

だからこそ、あの六人は、魂之介に歯が立たないと知るや、あっさりと引き揚げたのだ。

亡骸さえ持ち去れば、毒殺事件の証拠はなくなってしまう。腰元の身許が判明しても、知らぬ存ぜぬで押し通すことも可能なのだ。

姑息《こそく》な真似《まね》をする――魂之介の怒りが、さらに大きくなった。

「そなたは、あの覆面の武士たちとは何の関係もないというのだな」

「はい……わたくしたち三姉妹は、二百両の礼金で魂之介様を殺せと頼まれたのです」

さすがに腰を蠢《うごめ》かすのを止めて、白百合は答えた。

「誰だ、殺しの頼み手は」

「名はわかりませんが……身分の高そうな高齢のお武家でございました。黒姉《くろねえ》なら知っているかも」

「黒姉とは誰か」

「わたくしが白百合、二つ上の姉が紅百合、一番上の姉が黒百合と申します。甲賀無心流の凶華三姉妹といえば、死客人《しかくにん》としては高名でございます」

白百合の口調には、自慢げな響きがあった。

死客人とは、金をもらって見ず知らずの相手を始末するプロの殺し屋のことだ。昔は、処刑人《ころしにん》と呼ばれていたという。上方《かみがた》では、闇討《やみう》ち屋《や》と呼ぶ。

若い女が人殺しとして有名というのも困ったものだ――と魂之介は胸の中で苦笑する。

「長姉が黒百合、次姉が紅百合……か。強いのだろうな、二人とも」

「はい。黒姉も紅姉も、わたくしよりも強くて……」

白百合は不安げな顔で、言葉を切った。

「魂之介様、逃げてっ」

急に、魂之介にかじりつく。

「二人とも本当に強いんです。魂之介様でも、かなわないかも……」

「ふうむ、女ながらそれほどの腕か」

魂之介は、活《い》き活きとした顔つきになる。

「実に楽しみだ。早く、立合ってみたいものだな」

「魂之介様……」

啞《あ》然《ぜん》として、白百合は魂之介を見つめる。

「よしよし、案ずることはない。今は、そなたを存分に可愛がってやろうな」

そう言って、魂之介は腰の律動《りつどう》を再開した。

「あひィィ……っ」

白百合も再び、甘美な地獄に堕ちる。

「突いて……わたくしを、お珍々で突き殺してくださいましっ」

途方もない巨根に、嵐の中の小舟のように翻弄《ほんろう》されながら、白百合は叫んだ。

四半刻ほど突きまくってから、魂之介は、十八歳の花壺の奥に大量に放った。

白百合も四肢《しし》を震わせて、絶頂に達する。

昇天した女忍の花壺の締め具合は、生来の機能と鍛えられた括約筋《かつやくきん》によって、まことに結構な味わいであった。

失神した白百合の幸福そうな顔を眺めて、括約筋の痙攣《けいれん》の余韻を味わいながら、豪木魂之介は考える。

（二百両という大金を積んでまで、わしを殺したい者とは……さて……？）

第三章　紅百合、責める

一

「主膳《しゆぜん》、それで良いのかえ」

ねっとりとした口調で、伊与《いよ》は言った。

「八重《やえ》の死骸を庭に埋めて、それだけで無事に済むのかえ」

「奥方様のご懸念は、この馬渡《まわたり》主膳にも、よくわかっております」

馬鹿丁寧に頭を下げながら、主膳は答える。

「つまり、八重の最期を看取《みと》った豪木魂之介なる者を始末しろ——とおっしゃるのでございましょう」

「その通り。わかっているくせに焦《じ》らすのは、主膳の悪い癖じゃ」

三十七歳の伊与は、怨《えん》ずるような甘えるような微妙な声音《こわね》で言う。肉厚の唇が、実に色っぽい。

魂之介が女忍《くのいち》・白百合を昇天させてから二刻《ふたとき》――四時間ほどが過ぎて、夜が明けている。

そこは――霊巌寺《れいがんじ》の西側、関宿藩下屋敷《せきじゆくはん》と宇都宮《うつのみや》藩下屋敷の間にある、家禄《かろく》二千三百石の旗本・遠藤備前守忠信《えんどうびぜんのかみただのぶ》の屋敷であった。

伊与は遠藤備前守の二度目の妻、馬渡主膳は遠藤家の用人である。

主膳は四十前後で、頬《ほお》の引き締まった油断のならぬ顔つきをした男だ。その薄情そうな容貌を、苦味《にがみ》走《ばし》っていて頼もしい――と感じる女も世の中にはいるであろう。

伊与と主膳の二人がいるのは、庭の茶室だ。

奥方と用人が相談をするのは当たり前だが、その場所が障子《しょうじ》を閉めきった茶室というのは、いささか奇妙であった。

「これはどうも、お叱りを蒙《こうむ》りまして。早朝のためか、奥方様の御機嫌がよろしくないようですな。お話はまた、のちほどということにして、主膳は退《さ》がらせていただきます」

素っ気ない口調で言って、主膳は立ち上がろうとした。

「ま、待って」

伊与は、あわてて用人の膝に手を置く。

「怒っては厭《いや》、主膳。伊与の口が過ぎたのなら、幾重《いくえ》にも詫《わ》びるゆえ、許して」

小娘のように涙ぐむ、伊与であった。

「奥方様。詫びと申すものは、口先で言うものではありません」

主膳は、いきなり、伊与の懐《ふところ》に右手を入れた。

「あっ」

伊与は小さな叫びを上げたが、軀《からだ》の方は逆に主膳の方へもたれかかる。

「その軀で詫びていただかねば――」

男の太い指が、大年増《おおどしま》の柔らかく熟した乳房を鷲《わし》づかみにして、傍若無人《ぼうじゃくぶじん》に弄《もてあそ》ぶ。

「詫びます。お詫びに、伊与の軀を好きにしておくれ」

甘ったるい声で、伊与は言う。

「豪木某《なにがし》の件は、ご心配なさらずとも、ちゃんと手配をしております」

奥方の胸乳《むなぢ》を我がものにしながら、主膳は語る。

「豪木は旗本でもなく浪人でもないという、まことに厄介な扱いにくい奴ですが……裏を返して見れば、死んでくれれば助かると思っている方々が多いということ。ですから、腕利きを雇って闇討《やみう》ちにすれば、手を下した者の詮議《せんぎ》などは有耶《うや》無耶《むや》になるはず。まあ、万事は、この馬渡主膳にお任せください」

「それは、もう……わたくしは、そなただけが頼りじゃ。杖《つえ》とも柱とも思っておる」

「あなたの欲しい杖は、これであろう」

主膳は大胆にも袴《はかま》の無双窓を開いて、そこから肉根を掴《つか》みだした。そして、伊与の頭を股間に導く。

「わしの自慢の肉杖に、その口で奉仕してもらいましょうか」

「ああ……人が来ます、主膳」

目に欲情に潤ませながらも、言葉では拒絶する伊与だ。主膳は無言で、その唇に肉根を押しこむ。

「む……むむぅ……………」

被虐《ひぎやく》の悦びに頰を火照《ほて》らせながら、伊与は、用人のずんぐりした男根を咥《くわ》えた。熟れ切った肌から発散される濃厚な女の匂いで、茶室の中はむせ返るようであった。

二十歳も年上の備前守は、夜の営みが難しい軀になっている。伊与が唇と舌で奮い立たせようとしても、ほとんど反応はなかった。

己《おの》れの淫欲を持て余していた伊与に近づいて、まんまとその柔肌《やわはだ》を手に入れたのが、馬渡主膳なのであった。

女遊びに長《た》けた主膳の閨《ねや》の業《わざ》によって、それまでの備前守との淡白な交わりでは得られなかった深い悦楽を、伊与は知ったのである。

もはや、伊与は、主膳の愛撫なしでは生きていけない女になっていた……。

（もうすぐ、遠藤家二千三百石は俺のものになる）

男根をしゃぶる伊与の丸髷《まるまげ》が上下に揺れるのを見下ろしながら、主膳はほくそ笑む。

主人の妻に最低の娼婦のような真似《まね》をさせることを、この上ない歓びと考える悪辣《あくらつ》な男であった。

――遠藤備前守には、二人の子がある。

病死した先妻の雅美《まさみ》が生んだ長男の松太郎《まったろう》、後妻の伊与が生んだ次男の竹之輔《たけのすけ》だ。

元は腰元であった伊与が、十五の時に備前守に湯殿で押し倒されて懐妊、その時の子が竹之輔である。もう二十二歳だが、酒も女も好きな放蕩者《ほうとうもの》であった。その逆に、二十五歳の松太郎は少しひ弱だが、頭脳明晰《めいせき》で真面目、人当たりもよい。父親のあとを継いで、小普請組《こぶしんぐみ》支配に取り立てられるのは間違いない――という評判であった。

だが、伊与としては、自分が生んだ竹之輔に遠藤家を継がせたい。

そこで主膳と相談して、外道《げどう》の選択をした。長男の松太郎を病死に見せかけて殺し、竹之輔を嫡子に昇格させようというのだ。

主膳は、唐物屋《とうぶつや》の手蔓《てづる》で欧州産の毒薬を手に入れた。飲んでから、四半刻《しはんとき》から半刻くらいで効く毒薬である。

これを松太郎の食事か茶に混ぜて、毒殺しようというのだ。

速効性ではなく、やや遅効性の毒にしたのは、効き目が表面化した時には、伊与や主膳が疑われない安全圏にいるためだ。

勿論《もちろん》、毒殺の実行者も、松太郎の死亡時には別の場所にいて、不在証明を作らないといけない。

ところが、毒殺計画を実行する直前、腰元の八重に、伊与と主膳の不義を気づかれてしまった。伊与の袖《そで》から転げ落ちた情事の始末紙を、彼女に見られてしまったのである。

そこで、主膳は、さらに卑劣な策を思いついた。

南蛮《なんばん》の毒薬が効能通りかどうかを確認するために、八重に飲ませる——という策であった。

伊与は茶室に八重を呼び出して、「いつも、陰日向《かげひなた》なく働いてくれるから」という名目で茶を振る舞った。

武家の奉公人としては、奥方が立ててくれた茶を飲まないわけにはいかない。怪《あや》しみながらも、八重は茶を飲んだ。

そして、腰元部屋に引き取る途中で、八重は姿を消したのである。

不審番の者が、巡回中に裏門の潜《くぐ》り戸《ど》が開いているのに気づいた。

その報告を受けた主膳は、八重が毒を飲まされたことに気づいて逃げたのだと察した。

遠藤家の家来のほとんどは、主膳が飼い慣らしている。主膳は、その中から目端《めはし》の利く四人を選び出して、ただちに四方へ飛ばした。

その中の一人の山村清蔵《やまむらせいぞう》が、豪木魂之介の屋敷前で倒れた八重を見つけたのである。しかし、清蔵は魂之介に小柄《こづか》を打たれてしまい、必死で遠藤家の屋敷へ逃げ帰る始末であった。

清蔵の報告を聞いた主膳は、七人の家来を選抜して、魂之介の屋敷から八重の亡骸《なきがら》を盗み出すように——と命じた。

七人は無傷ではなかったが、何とか、その任務を達成した。

そして、主膳は、八重の亡骸を空《から》井戸の中へ放りこみ、土を入れて埋めてしまった。

八重の実家は、御家人《ごけにん》の辻沢家《つじさわけ》である。父親の辻沢兵衛門《ひょうえもん》には、八重は男と駆け落ちした——と伝えるつもりだ。

北町奉行所の同心が乗り出して来たことは、見張りからの報告でわかっている。だが、肝心《かんじん》の八重の遺体がなければ、彼女が殺害されたと証明することはできない。

それに、旗本屋敷の中の事件は、町方の管轄外である。

後は、正義漢ぶって何にでも首を突っこみたがるという豪木魂之介を始末してしまえば、主膳は安泰だ。松太郎の毒殺は、半年ほどたって、ほとぼりの冷めた頃に実行すれば良かろう。

「おお……主膳、わたくしは気が触れてしまいそうじゃ……」

今は、馬渡主膳に組み敷かれて、着衣のまま貫かれながら、伊与はか細い悦声《よがりごえ》を上げる。

「許して、旦那様……」

ついに、伊与は用人を旦那様と呼んだ。

「駄目だ、許さぬ」

さらに主膳が深く女壺に突入しようとした時、

「——御用人様」

茶室の外から遠慮がちに声をかけてきたのは、山村清蔵だった。小柄の傷は深《ふか》傷《で》ではなかったので、肩に晒《さら》し布を巻いて立ち働いている。

「何だ」

不機嫌そうに、腰の動きを止めた主膳が問う。

「相場《あいば》郷《ごう》右衛《え》門《もん》と名乗る浪人が、御用人様を訪ねて参りましたが、如何《いかが》いたしましょう」

「相場……わかった、書院へ通しておけ」

そう指示して、主膳は、結合部に始末紙をあてがった。互いの衣類を汚さないように気をつけながら、結合を解いて後始末をする。

「主膳……誰なの」

途中でお預けをくらった伊与は、不満げに訊《き》く。

「先ほど申し上げた手配の者です。江戸の裏稼業では、三指に入るという凄腕《すごうで》の人斬りですよ」

そう言った主膳は、丸めた始末紙を伊与に渡して、

「今度こそ、腰元どもに見られないようにして、後架《こうか》に捨ててくだされ」

「まあ……厭っ」

始末紙を袂《たもと》に隠して、伊与は真っ赤になった。

「何しろ、奥方様」と主膳。

「もう、この屋敷には空《から》井戸はありませんからな――」

二

「――お武家様」

左手から聞こえた女の声に、着流し姿の豪木魂之介は足を止めた。

「わしかな」

編笠《あみがさ》の端を持ち上げて見ると、町屋と町屋の間の路地の入口に、白の小袖に緋《ひ》色《いろ》の袴という格好の巫女《みこ》が立っていた。

霊巌寺《れいがんじ》の表門前町——馬渡主膳が相場郷右衛門と会った翌日の正午《ひる》前である。

雨上がりなので湿気がひどく、行商人が手拭《てぬぐ》いで汗を拭きながら歩いていた。

「御無礼ながら、お武家様の顔に不吉な影が見えまする」

二十歳くらいの巫女は、抑揚《よくよう》のない声で言った。

黒髪を腰まで垂らして、その先端近くで括《くく》っている。そして、額《ひたい》に緋の鉢巻《はちまき》をしていた。

目が大きくて綺麗な顔立ちをしているが、無表情である。

「ほほう、左様《さよう》か」魂之介は微笑した。

「身に覚えがないわけではない。武士で生きるとは、そういうものだ」

「志朱流《しずる》と申します。わたくしの祈念によって、その影を追い払うことができますが」

「ふうむ……そう言われると、聞き捨てにもできぬなあ」

「では、祈禱処《きとうしょ》にてお話を。どうぞ——」

先に立って、志朱流は歩き出した。魂之介は、ゆっくりと巫女のあとを追う。

魂之介は、遠藤備前守の屋敷を見ての帰り道であった。

――腰元の素性《すじよう》は、昨日のうちに北町同心の津島徹次郎と岡っ引の徳松が探り当てていた。

御家人・辻沢兵衛門の長女・八重である。

似顔絵が役に立ったし、多絵という年の離れた十になる妹がいるのだから、間違いない。

二十二歳の八重の奉公先は、小普請組支配の遠藤備前守の屋敷であった。

早速、北町奉行・榊原主計頭《さかきばらかずえのかみ》の添書《そえがき》を持って遠藤屋敷を訪ねた津島同心は、用人の馬渡主膳に会った。

「その腰元ならば、当家の中間《ちゆうげん》の新吉《しんきち》という者と昨夜、駆け落ちをいたしてな。家中不取《ふと》り締《し》まりで、まことに面目《めんもく》ない話だが、この件は御目付《おめつけ》にも今朝のうちに届けを出してある。双方の親元にも報《しら》せた。二人の行方など、全くわからぬ」

無論、津島同心は、遠回しに覆面の刺客《しかく》たちのことを訊いたが、主膳は知らぬ存ぜぬの一点張り。

旗本屋敷の家捜しをする権利は町方の役人にはないから、津島同心としては、虚《むな》しく引き揚げざるを得なかった。

そして、徳松の聞きこみから、後妻の伊与と用人の主膳が怪《あや》しい仲ということまではわかった。

しかし、腰元の八重のこととなると、奉公人たちの口はぴたりと閉じてしまい、どうにもならない。よほど厳重に、箝口令《かんこうれい》が敷かれているのだろう。

二人の話を聞いた魂之介の怒りは、倍増した。

無法に娘を毒殺された上に、駆け落ち者の汚名まで着せられた父親と妹の無念を思うと、魂之介としては、仇討《あだう》ちをしてやらねば気が済まない。

それで、遠藤屋敷まで行ってみたのだが、さすがの豪剣侍も、証拠もないのに大身《たいしん》旗本の屋敷へ乗りこむわけにはいかなかった。

腰元の八重の亡骸が屋敷のどこに隠されているかわからない限り、主膳も伊与も糾弾することはできないのである。

魂之介は非常手段として、屋敷から出て来た若党か中間を捕まえて、指を一本ずつへし折りながら責め問いをするという手も考えてみた。

だが、そんな方法では、たとえ八重が見つかっても、魂之介の方が悪者にされてしまう。

用人と後妻の非道な企《たくら》みを暴くためには、何か動かぬ証拠が必要なのだ。

憤懣《ふんまん》やる方ない思いをかかえて、魂之介は帰宅の途中に、表門前町に通りかかったのである。

堀割の畔《ほとり》に建つ一軒家に、〈加持祈禱処〉という看板が掛かっていた。玄関の脇にある大きな柳の木が、尋常でない雰囲気を醸し出している。

江戸には数え切れないほどの神社仏閣があるというのに、さらに、個人営業の巫女や行者《ぎょうじゃ》の怪しげな祈禱処も沢山あった。

そして、「あそこの巫女の占いは、よく当たる」とか、「あの行者様のお祓《はら》いで腰痛が治った」とかいう評判が立つや、さばき切れないほど多くの客が、その祈禱処へ押し寄せるのだ。

志朱流の祈禱処は、広さにして十五畳ほどもある。正面には、祭壇が置かれていた。祀《まつ》られているのは、丸い鏡である。

「そちらにお座り下さい」

志朱流に言われて、魂之介は磨きこんだ板の間に端座《たんざ》した。大刀は、軀《からだ》の右側に置く。

すると、志朱流は、白い徳利《とっくり》と二つの盃《さかずき》を載せた膳を運んで来た。

「お祓いの前に、御神酒《おみき》を差し上げましょう」

先ほどまでとは打って変わり、媚《こ》びるような笑みを浮かべて、志朱流は言う。

「不吉な影のことは、よいのか」

「お神酒でございます。軀の中から清浄にいたします」

「なるほど」

盃を手にした魂之介は、お神酒を注いでもらう。

「今度は、わしが注ごう」

遠慮する志朱流に盃を持たせて、魂之介は、御神酒を注いでやった。

「では、盃を取り替えてくれ」

「まあ……わたくしに、何かご不審でも」

志朱流は、眉根《まゆね》を寄せる。

「ははは。そうではないが、以前に、美人の酌《しやく》でひどい目にあってな。さあ――」

笑いながら、魂之介は盃を取り替えてしまう。志朱流は、彼を睨《にら》む真似《まね》をして、

「これで、よろしゅうございますか」

一気に盃を干した。それを見届けてから、魂之介も御神酒を飲む。

味に異常は感じられなかった。もっとも、腰元の八重を死に至らしめた南蛮毒も、無味無臭だったであろう。

「ところで、志朱流殿」

「はい」

「近頃は、巫女の真似をして客を取る者がいると訊くが、そなた、どう思う」

江戸には様々な私娼《ししょう》がいるが、剃髪《ていはつ》して尼僧を装った娼婦や巫女の格好をした娼婦もいた。

犯してはいけない聖なる存在を犯す——という男の妄想を満足させるわけだ。

そういう意味では、現代の性風俗産業のイメクラの商法に似ている。

男の性的嗜好《しこう》は数百年間、あまり「進歩がない」ということであろうか……。

「そうでございますねえ」

にんまりと微笑しながら、志朱流は言った。

「たとえ本物の巫女でも、お武家様のような素敵な殿方と二人きりになったら、袴の帯を解いてしまうのではないかしら」

「そなたは、どうかな」

「…………」

無言で、志朱流は立ち上がった。

袴の紐を解いて、さらりと足元へ落とす。白い小袖も肌襦袢《はだじゅばん》も、脱ぎ捨てた。

下裳《したも》は付けていない。乳房は豊かで、秘部を飾る繁みは火炎型で豊饒《ほうじょう》である。花弁は臙脂色《えんじいろ》をしていた。

裸の巫女が身につけているものは、緋の鉢巻と白足袋《しろたび》だけであった。

「お武家様、そこへ仰臥《ぎょうが》してくださいまし」

「こうか」

魂之介は、板の間に仰向《あおむ》けになる。裸の巫女はしゃがむと、彼の裾《すそ》の前を割って、下腹部を剝《む》き出しにした。

白い下帯の股間が、盛り上がっている。そこに、志朱流は唇をつけた。

「凄い……まだ柔らかいのに、こんなに巨《おお》きいなんて……」

布地越しに、志朱流は、唇と舌で肉根を刺激した。濃厚な口唇奉仕によって、たちまち、魂之介の道具は巨大化して、下帯《したおび》の脇から起立する。

「す、凄すぎる……入るかしら」

下帯を解いた志朱流は、完全に屹立《きつりつ》した男根の凄まじさに、目を見開いた。

「では、失礼して……」

志朱流は、魂之介の腰を跨《また》いだ。そして、膝を折ってしゃがみながら、右手で巨砲を誘導する。口唇奉仕の間に、彼女の秘部は濡れそぼっていた。

「むぅう……っ」

最も直径の大きな部分が体内に没入する時、志朱流は唸《うな》り声を洩らした。

しかし、玉冠部《ぎょくかんぶ》が通り抜けると、そのまま巨砲の根元まで呑みこんでしまう。

「いっぱい……あたしの秘女子が…いっぱいになってる……」

志朱流は喘《あえ》いだ。そして、臀《しり》を上下させる。

ぬちゅっ、ぬぼっ、ぬちゅっ……と、愛汁がこねくりまわされる卑猥《ひわい》な音がした。

「……」

魂之介は、巫女の大きく揺れる乳房を下から眺めていた。風景を見物しているような、落ち着いた表情である。

「ど、どう……あたしの秘女子の味はっ」

蓮っ葉《はすっぱ》な口調で、志朱流が訊いた。

「うむ、悪くはない」

「悔しい…そんなに平然として……あたしの方は、蕩《とろ》けそうな気分なのに……あ、ああっ」

志朱流は、右手で口元を覆った。それから、右手を外して、

「お願い、突いてっ」

「このように、か」

逞《たくま》しく、魂之介は突き上げてやる。

「おおお、お……本当に溶けてしまうっ」

頭を掻きむしるようにして、志朱流は俯《うつむ》いた。

次の瞬間、魂之介の右手は膳の上の盃を摑んでいた。それを、顔の前にかざす。

かっ、と乾いた音がして、その盃の底に何か光るものが突き刺さった。

それは、紫色の毒を塗った針であった。

志朱流は髪の中に隠していた細い筒を口に含んで、息の力で筒の中の毒針を飛ばしたのだった。

腕試しの時に内海紀三郎の命を奪ったのは、この毒拭き針だったのだ。

「残念だったな」魂之介は言った。

「右手で針を口の中に含んだために声の調子が変わったぞ、紅百合」

巫女の志朱流は、凶華三人姉妹の次姉の紅百合の変装だったのである。

——女の歓びを教えて放免してやった白百合から、魂之介は、次に次姉の紅百合が襲って来ると聞かされていた。

凶華三姉妹は、一人ずつ順番に仕掛けるのだという。そして、二人の妹が歯の立たない相手には、真打ちの黒百合が挑むというわけだ。

だが、紅百合と黒百合の得意技については、魂之介は問い詰めなかった。白百合がそれを喋《しゃべ》ることは、実の姉たちを裏切ることになるからだ……。

「貴様っ!?」

志朱流――紅百合は、魂之介の腰から跳び退《の》こうとした。

だが、それよりも早く、彼女の両腕を摑んだ魂之介が、結合したままの状態で立ち上がる。

そして、仁王立ちになって、真下から奥の院を突き上げた。

「ひぃイ……イィっ」

喉元まで貫かれるような巨根の攻撃に、さすがの女忍も悲鳴を上げる。

現代のＡＶ《アダルト・ビデオ》で言うところの駅弁ファックであった。

だが、魂之介が責めまくっていると、いつしか、紅百合は悦声を上げていた。

「い…いいわっ……突いて、犯してっ」

口の端《は》から唾液を垂らして、紅百合は叫ぶ。

色仕掛けで男を誑《たぶら》かして殺す紅百合は、男性経験が豊富な分だけ、白百合よりも巨根で逝《い》きやすくなっていたのだ。

「あたしの……あたしの秘女子が裂けてもいいから……死ぬまで突きまくってぇえっ」

第四章　三姉妹、哭《な》き狂う

一

「なんという醜態《しゅうたい》だ、二人とも。狙った相手に犯されて逝《い》ってしまうとは……それでも、凶華三姉妹か」

　黒百合の言葉に、白百合も紅百合も頭を下げた。

「ごめんなさい、黒姉」

「でも、姉者《あねじゃ》……あいつのもので犯されたら、もう気持ち良すぎて、何が何だかわからなくなってしまうんだよ」

　その日の夕方——三人がいるのは、谷中《やなか》の先、日暮里《にっぽり》の辻堂《つじどう》の中であった。

　あれから紅百合は、様々な態位で三度も豪木魂之介に犯されて、数え切れないほど逝ってしまったのだ。

勿論《もちろん》、二度目からは、紅百合は喜んで巨根をしゃぶり、重々しい玉袋にも舌を這《は》わせている……。

「それは、お前たちが修業が足りないからだ」

凶華三姉妹の長姉・黒百合が、断言した。

「あらゆる欲望から超然としているべき忍《しの》び者《もの》が、肉の快楽に溺《おぼ》れるなどというのは、下《げ》の下《げ》ではないかっ」

「……」

熾烈《しれつ》な罵《ば》倒《とう》に、二人の妹は黙りこむ。

「もう、良い。あたしが魂之介を倒す」

「でも、姉者……」

紅百合は、おそるおそる言った。

「魂之介は本当に強い。いや、男の道具のことではなく、剣の腕前が凄いんだ。だから、今度だけは……三人で立ち向かった方がよくないかな」

「馬鹿を言うなっ」と黒百合。

「そんなことをしたら。闇稼業《やみかぎょう》の物笑いの種だ」

すっくと立ち上がって、黒百合は言った。

「豪木魂之介の命は、この黒百合がもらった。あたしの妹たちを辱《はずかし》めた魂之介は、必ず冥土《めいど》へ送ってやる！」

二

「お殿様」

翌日の朝――食事の後に十畳間で豪木魂之介が横になっていると、忠吉がやって来た。

「何かご注進したいことがあると言って、変な小僧が来てますが」

「ん？」

むっくりと身を起こした魂之介が、

「では、この庭先へまわらせるがよい」

「へい」

やって来たのは、藍色《あいいろ》の印半纏《しるしばんてん》に小袖《こそで》の裾《すそ》を臀端折《しりはしょ》りにして、白い木股《きまた》を穿《は》いた十三、四の少年であった。木股とは、現代でいうところのショートスパッツに近い下着である。

好だ。

襟元《えりもと》から、黒の腰掛けをしているのが見える。何かの職人の見習いのような格好だ。

小柄で細身だが、すばしっこそうな軀《からだ》つきをしている。

月代《さかやき》を伸ばしているから、堅気ではない。顔立ちは可愛いのだが、目つきが鋭かった。

「どうも、あっしは業平《なりひら》小僧の三太《さんた》と申しやす。仙台堀のお殿様で？」

「世間では、そんな風に呼ばれているようだな。豪木魂之介じゃ」

「実は、お殿様に買っていただきたい種《ネタ》があって、参上しました」

「どんな種だ」

「凶華三姉妹の巣でございます」

ずばりと三太は言う。

「ほほう……凶華三姉妹を知っているということは、その方《ほう》も同業か」

魂之介の視線が、厳しいものになる。

「とんでもねえ、あっしは死客人《しかくにん》なんかじゃありませんよ。あっしの本業は、これで」

小柄な三太は、右の人差し指を曲げてみせた。

「掏摸《すり》か」

「それは町方の連中の野暮な呼び方だ、粋《いき》に懐中師《ふところし》と言ってもらいてえ……まあ、それはともかく。稼業は違うが、そこは御法の裏で生きる者同士ですから、色んな噂が耳に入ってきます。凄腕《すごうで》の死客人として有名な凶華三姉妹が、誰かに雇われてお殿様の命を狙っている——とね」

「……」

「ところが、ひょんなことから、あっしは、三姉妹の居所を知ってしまったんでさあ。場所は、日暮里です。昔の偉い人は言ったそうじゃありませんか、ぼんやり攻められるのを待ってるよりも、こっちから先に攻めちまえ——ってね」

「よし」

魂之介は、手文庫から五枚の小判を取り出して、縁側《えんがわ》に置いた。

「こいつは、どうも」

三太は嬉しそうに小判を数えて、腹掛けの袋にしまいこんだ。

「じゃあ、あっしがご案内しますよ——」

三

深川冬木町から谷中の先の日暮里まで、二刻《ふたとき》――四時間ほどかかった。

日暮里は墨引外《すみびきがい》――つまり、町奉行所の管轄の外になる。

梅雨時《つゆどき》だが、今日は蒸し暑い曇天で、雨は降っていない。

一度も休憩をとらないのに、三太の速度は落ちなかった。

「そなたは、足が達者だな」

「そりゃあ、お殿様。あっしの稼業は、逃げ足の速さが肝心《かんじん》ですからねえ」

「なるほど、そういうものかな」

やがて二人は、道灌山《どうかんやま》の北の麓《ふもと》へ辿り着いた。太田《おおた》道灌の出城があったと伝えられる山で、虫聞きの名所としても知られている。

「ごらんなせえ、あの洞窟ですよ」

木立の中で、三太は小声で言った。

彼の指す方を見ると、高さが一間半《いっけんはん》ほどの洞窟の口がある。

「あそこが、三姉妹の巣だというのか」

編笠《あみがさ》を取りながら、魂之介が訊《き》いた。

「へい。あの洞窟は右曲がりになっていて、その奥は十二、三畳ほどの広さになっておりやす。あっしは、揉め事なんかで追われた時には、あの洞窟に隠れて、ほとぼりをさましてたんですよ――」

ところが、昨日の夕方、三太が洞窟に入ろうとすると、中から人の声が聞こえた。

それで、そっと中に入ってみてみると、三人の女が話しこんでいた。その話の内容から、彼女たちが黒百合・紅百合・白百合の凶華三姉妹であると、三太は知ったのである。

「何でも、下の二人はお殿様に返り討ちにあって、ろくに足腰も立たねえそうですから、今も居ますよ、きっと」

「よし。御苦労であった」

魂之介は、洞窟の方へ向かった。

「お供いたしやす、お殿様」

業平小僧の三太も、くっついて来る。

「物好きだな。側杖《そばづえ》をくらっても、知らんぞ」

「いえ。すばしっこいのだけが、身上《しんじょう》で」

「――」

魂之介は片手で制して、三太に喋《しゃべ》らないように合図をする。三太は、無言でうなずいた。

足音を立てないようにして、魂之介は中へ入った。三太の言った通り、洞窟は右へ湾曲している。
七、八間ほど歩くと、前方が明るくなった。洞窟の行き止まりが平らな場所になっていて、左側の岸壁の窪みに太い蠟燭《ろうそく》が立ててあるのだ。
右手には、三枚の畳が横に並べられている。

天井の高さは二間ほどもあった。が、その空間に人影はない。

「あれ、留守かあ。残念でしたね、お殿様」

「いや、留守ではない」魂之介は言った。

「少なくとも、一人は居るではないか」

「へ……?」

三太が、きょとんとした顔になると、魂之介は微笑して、

「つまりだ。その方《ほう》が、凶華三姉妹の長姉の黒百合であろう」

「……………」

「巫女に化けていた紅百合もそうであったが……この蒸し暑い梅雨時に少しも汗をかかぬ者は、よほどの武術修業をしたか、何か特別な訓練をしたか、そのどちらかであろうよ」

「ちっ」

瞬時に、業平小僧の三太の姿が掻き消えた。

いや、消えたのではない。三太――男装の黒百合は、獣《けもの》のような迅《はや》さで斜め上に跳躍したのである。

岸壁を蹴った黒百合は、軌道を変えてさらに高く跳んだ。右手から、先端に分《ふん》銅《どう》の付いた細縄を飛ばす。

その分銅縄は、大刀を抜こうとした魂之介の右手首に、絡《から》みついた。

着地した黒百合は、その細縄をきりりと引き絞る。魂之介の右手が、大刀の柄から離れた。

「ふふん」

得《え》たり顔になった黒百合は、左手で四方手裏剣を打った。

その手裏剣は、魂之介の胸元めがけて飛ぶ。

自由にならない右手では、刀を抜いて手裏剣を叩き落とすことはできない。並の侍なら、間違いなく死んでいただろう。

が、その時、魂之介の左手が閃《ひらめ》いた。大刀を逆手《さかて》で抜き放ち、四方手裏剣を弾き落とす。

「あっ」

黒百合が驚いた隙《すき》に、魂之介は右腕を引き寄せた。ぐいっと上体を左へ捻《ひね》る。

「わ、わわァっ」

細縄を取られまいと踏んばった黒百合の軀は、空樽《あきだる》よりも簡単に吹っ飛んで、岸壁に叩きつけられた。

いくら小柄な女だとはいえ、人間一人を右腕の動きだけで吹っ飛ばしたのだから、魂之介の腕力は物凄い。

岸壁から地面に落ちた黒百合は、完全に意識を失っていた。

魂之介は納刀すると、右手首の分銅縄を外した。それから、黒百合を軽々と片腕でかかえて、三枚畳の上に寝かせる。

印半纏や小袖を脱がせた。左の腋《わき》の下に手裏剣を納めた革袋を吊っていた。腹掛けを取ると、晒《さら》しも巻いていない胸が剥《む》き出しになる。

二十三歳の黒百合は、全身が引き締まって、少年のような軀つきであった。胸筋が発達しているためか、乳房もひどく小さい。腹掛けをすれば目立たなくなるので、晒しを巻く必要がなかったのだ。乳輪は薄桃色だ。白い木股も脱がせる。黒百合という名に反して、秘部は無毛であった。亀裂は美しい桜色で、花弁は内部に隠れている。

凶華三姉妹の長姉は、処女のようであった。

魂之介は、例の細縄で、黒百合の両手首と両足首を縛《しば》る。

両足首を縛り終えた時、黒百合が意識を取り戻した。

「くそっ、殺せっ」

黒百合は、吐き捨てるように言った。

「白百合と紅百合は、如何《いかが》いたした」

「二人とも役に立たぬから、甲賀の里へ帰した。早く、殺せというのにっ」

「いや、その方に訊きたいことがある。二百両でわしを殺せと言った頼み手は、誰だ」

「ふ、ふ……あたしは吐かぬ」

黒百合は、不敵に嗤《わら》った。

「責め問いでも何でも、やってみろ。甲賀無心流の忍びは、死んでも口は割らんぞ」

「そうか。では、そのお言葉に甘えて軀に訊くことにしよう」

「なに……？」

童顔の女忍《くのいち》が不審げな表情になると、魂之介は帯を解いて着物を脱いだ。

すぐに、下帯《したおび》一本の裸体になる。その上腕部は、細身の黒百合の腿《もも》よりも太い。

そして、下帯の脇から肉根を摑《つか》み出すと、こすり立てた。ほどなく、それは凶暴な形状を露《あら》わにする。

「え……」

黒百合は啞《あ》然《ぜん》とした。二人の妹から話は聞いていたものの、実際に見た魂之介の男根の偉容さは想像以上であった。

魂之介は、その黒百合の胸を跨《また》いで膝立ちになる。

そして、女忍の男髷《おとこまげ》を摑むと、

「ほら、咥《くわ》えるがよい」

その唇に、巨根をねじこんだ。ゆっくりと出し入れする。強制口姦《イラマチオ》であった。

「むぅ……んんぅ……」

黒百合は、不自然な姿勢で長大な男根に喉の奥まで突かれ、呻《うめ》き声を洩らす。石のように硬い巨根なので、歯を立てることさえできない。

しばらくの間、男根を出し入れして、童顔の処女忍者の口を犯していた魂之介は、

「出すぞ、飲み干すのだ」

灼熱の白い溶岩流を放った。どくっ、どくっ……と何度かに分けて、大量に射出される。

それを飲みこまなければ、息が詰まってしまう。

「おごっ……んふっ……ぐふぅ」

黒百合は喉を鳴らして、熱い聖液を必死で嚥下《えんげ》した。

魂之介が、女忍の小さな口からずるりと巨根を引き抜くと、黒百合は呆《ほう》けたような表情になった。

生まれて初めて男根をしゃぶらされ、白濁した精まで飲まされるという強烈な体験をしたために、思考力の一分が麻痺《まひ》してしまったのだろう。

「どうだ。素直に話す気になったかな」

「………」

それでも、黒百合は力なく首を左右に振った。

「うむ。見上げた根性だ。忍び者とはいえ、天晴《あっぱ》れ」

魂之介は、敵の態度を褒めてから、

「では、次の手と参ろうか」

黒百合の軀を俯《うつぶ》せにすると、小さな臀《しり》を高々と掲げさせる。両膝と左右の前膊《ぜんはく》部《ぶ》で体重を支える、獣《けもの》の姿勢であった。

臀の割れ目の奥にある後門まで、丸見えになった。

そこに放射状の皺《しわ》はなく、針先で突いたような小さな孔《あな》がある。茜色《あかねいろ》をしていた。

魂之介は、左手で女忍の臀肉を鷲《わし》づかみにする。そして、吐精したのに全く衰えぬ巨大な肉塊を右手で握り、桜色の女門に密着させた。

「ひっ」

犬這《いぬば》いの黒百合が、初めて恐怖の悲鳴を上げる。

だが、魂之介は、強引に処女地を貫くことはしなかった。

聖液と唾液で濡れた玉冠部《ぎょくかんぶ》で花園を摩擦して、じっくりと相手の肉体が熟するのを待つ。

やがて、亀裂の始まりにある陰核が興奮して、丸く膨れ上がった。魂之介は、玉冠部の先端の切れ込みを、その陰核にこすりつけて、愛撫する。

「ひゃあっ、あんっ……ひィィ……」

童顔の女忍の口から甘い喘《あえ》ぎ声が洩れて、はしたないくらいに花壺から透明な愛汁が溢れてきた。

それを見た魂之介は、桜色の処女孔に突入した。凶暴なほど硬い男根で、聖なる肉扉を破壊する。

「――――アァァっ！」

背中を弓なりに反らせた黒百合の喉の奥から、悲鳴が迸《ほとばし》った。その時には、巨砲の半ばまでが、女壺《にょつぼ》に没している。

二十三歳の肉襞《にくひだ》の締めつけが、きつい。

魂之介は、彼女の破華《はか》の疼痛《とうつう》が治まるのを待ってから、静かに抽送《ちゅうそう》を開始した。

新鮮な肉襞を味わいながら、少しずつ肉根の可動範囲を拡大してゆく。

しばらくすると、筋肉の緊張が解けて、巨根の根元まで没入することが可能となった。

「変な……変な感じ……なに、これ……体中が熱い……」

黒百合は弱々しい声で、言った。

二人の妹には、「忍び者が肉の快楽に溺れるのは下の下」と説教をした黒百合である。

しかし、実際に自分が魂之介の巨根に犯されてみると、まるで甘い虹色の雲に包まれたようであった。

忍びの掟《おきて》も死客人の誇りも何もかもが、波をかぶった砂の城のように崩れてしまうのを、黒百合は感じた。

魂之介は、さらに秘術を尽くして、処女の黒百合を悦楽の絶頂に導いてゆく。

「――ォォォあああっ！」

ついに、童顔の女忍は逝った。

それに合わせて、魂之介も第二弾を射出する。先ほど黒百合の口の中の放ったばかりと思えぬほど、たっぷりと吐精した。

黒百合は、ぐったりとして動かなくなる。魂之介もしばらくの間、破華の余韻を味わっていた。

それから、魂之介は懐紙を柔らかく揉んで、後始末をする。

そして、黒百合の手足の縛《いまし》めを解いた魂之介は、胡座《あぐら》を掻いて全裸の女忍を膝の上に横抱きにした。

まるで、母親が幼児に乳を与えるような格好である。

「……お殿様」

目を開いた黒百合は、羞《はず》かしそうに豪剣侍の顔を見上げた。

「あれが……男と女の睦事《むつみごと》でございますか」

「そうじゃ。痛くはないか」

「平気です……でも、下半身が溶けてしまったようで……」

「これはまだ、小手調《こて》べ」と魂之介。

「俗に、女は男の三十六倍もの悦楽があるという。回数を重ねる事に、そなたは、より深く快感を得るようになるのだ」

「まあ、では、あの……」

含羞《はにか》みつつ、黒百合は言う。

「もう一度、抱いてくださいまし」

先ほどまでの人間凶器のような黒百合とは、まるで別人であった。眼差《まなざ》しまで優しくなっている。

「そなたは、わしの命を狙っているのではなかったのか」

「忍びには、飼い主が必要でございます。女忍ならば、なおさらのこと。あたしを打ち負かして、女悦《にょえつ》を教えてくださった強い強いお殿様こそ、黒百合の本当の飼い主。あの二百両は叩き返してやります」

「そうか」

魂之介は、黒百合の口を吸ってやった。

生まれて初めての媾合を経験してから、接吻を経験するというのは順序が逆だが、黒百合はうっとりとして目を閉じる。

互いの舌が行き来する濃厚な接吻が済むと、

「お願い、ご奉仕させて……お殿様のお珍々をしゃぶらせてくださいまし……」

目に涙すら滲《にじ》ませて、童顔の女忍は哀願する。黒百合にとって、豪木魂之介は自分を支配する絶対の存在となったらしい。

「よし、よし」

仁王立ちなった魂之介は、黒百合の願いを叶えてやった。

己《おの》れの愛汁と聖液のにおいがする男根を、黒百合は舐めしゃぶった。無論、技術は稚拙《ちせつ》だが、本物の愛情がこもっている。

それから、魂之介は黒百合を仰向《あおむ》けに寝かせた。女忍の小さな乳房を唇で嬲《なぶ》りながら、魂之介は、彼女の唾液で濡れたものを無毛の秘処《ひめどころ》に挿入して正常位で交わる。

黒百合は、男の軀にしがみついた。あまりにも締まりの良い女忍の蜜壺を、魂之介は穏やかに突き上げながら、

「で、黒百合」

「はい……」

「頼み手は誰だ」

「出羽《でわ》様……御老中筆頭の水野《みずの》出羽守様にございます……ああっ」

半ば夢現《ゆめうつつ》の様子で、黒百合は答えた。

(何と……)魂之介は唇を噛んだ。

(上様より天下の政事《まつりごと》を預かる老中筆頭ともあろう者が……殺し屋を雇って、わしの命を狙わせるとは……世も末じゃ)

三月三日に江戸城の大広間で、三百諸侯を前に魂之介に殴られ大恥をかいた恨《うら》みであろうが、あまりにも、さもしい根性である。

「お殿様……死ぬぅ…死にます……」

黒百合が快楽の階段を駆け上ろうとした時、煙のにおいがした。

洞窟の中に、煙が流れこんでいるのだ。ぱちぱち……と燃える木がはぜる音もする。

「むっ」

魂之介は、女壺を傷つけない程度の速さで、己れのものを引き抜いた。黒百合も、さすがに夢から覚める。

「火事っ？」

「そのようだ」

下帯一本姿で、魂之介は、大刀を手にして洞窟の入口へ走る。全裸の黒百合も、彼についてきた。

「ううむ……」

見ると、入口には枯れ枝などが積み上げられて、勢いよく燃えていた。先ほどまでは、なかったものである。

そして、魂之介が炎の向こうを透かし見ようと近づくと、ひゅっ、ひゅっと数本の矢が飛んでくる。魂之介は危うく、それをかわした。

「豪木魂之介っ」

炎の向こうから、嘲《あざけ》りの声がした。

「洞窟の中で獣のように焙《なぶ》り殺されるか、それとも出て来て弁慶《べんけい》のように射殺《いころ》されるか、どちらでも好きな方を選べっ」

「お殿様っ」

黒百合が、魂之介の腕を摑む。

「……」

魂之介は無言で、奥の空間に戻った。大刀を下帯に差すと、畳を一枚、両手で持ち上げる。

「黒百合、洞窟の外にいる敵の総数はわからん。わしがこの畳を盾《たて》にして、矢を防ぐ。そなたは、わしの後ろから出て、手裏剣で敵を倒すのだ。よいな」

「はいっ」

最強の女忍の顔に戻った黒百合は、うなずいた。全裸の黒百合は、手裏剣を納めた革袋だけを肩から斜め掛けにしている。

熱い煙のせいで、二人とも目と喉が痛んだ。このままでは、呼吸もできなくなるだろう。

「ゆくぞっ」

魂之介は畳を正面に立てて、洞窟の入口へ走った。炎を飛び越える。

その畳に、数本の矢が突き刺さった。着地した瞬間、魂之介は畳を水平にして、放り投げた。

「わ、わっ」

「ぎゃっ」

次の矢を番《つが》えようとしていた四人の浪人のうち、二人が、その畳の直撃を受けて吹っ飛ばされる。

残った二人の射手の胸に、四方手裏剣が突き刺さった。黒百合が放ったものだ。

その弓の四人以外に、二十人ほどの浪人者が、洞窟の入口を取り巻いている。

「おのれらは、何者かっ」

腸《はらわた》に響くような大音声で、魂之介は誰何《すいか》した。

「相場郷右衛門と申す」

中央の袴《はかま》姿の浪人者が言った。

四十代半ばで、岩のような顔立ちをしている。体格も、魂之介に引けを取らないほど立派であった。

「どうしても、そなたに生きていられては困る人物から、依頼を受けてな」

「ふうむ……出羽とは別口か」

魂之介は、ふと気づいて、

「その頼み手は、まの字殿であろう」

殺しの依頼者は遠藤家の用人・馬渡主膳だろう――と謎をかける。

「知ってどうする」郷右衛門は嗤った。

「今から、この場で死ぬ者が」

「そうはいかん」

魂之介は、すらりと大刀を引き抜いた。

「黒百合。なるべく殺すなよ」

「はいっ」

黒百合は、活《い》き活《い》きと返事をする。魂之介に命令されるのが、嬉しくてしょうがないのだ。

次の瞬間、黒百合は高々と跳躍して、空中から手裏剣を放った。

下帯一本の魂之介も浪人たちの群れに飛びこんだ。

左の浪人に袈裟懸《けさが》けに打ちこむと、右の浪人の脇腹を薙《な》ぐ。峰打ちとはいえ、魂之介の一撃だから、骨が粉砕されている。

「くそっ、朋輩《ほうばい》の仇敵《かたき》っ」

数人の浪人が、斬りかかってくる。

それからは、乱戦であった。手裏剣が肉に突き刺さる音と、大刀の峰が骨を砕く音が交差した。

さらに、

「うわっ」

「新手《あらて》だぞっ」

黒百合がいるのと別方向からも四方手裏剣や苦無《くない》が飛来して、浪人たちが大混乱となった。

灌木《かんぼく》の蔭から、藍鉄色《あいてついろ》の忍び装束を着た者が二人、飛び出してくる。

「紅百合、白百合、戻って来たのかっ！」

黒百合が叫んだ。

「姉者っ」

「お待たせ、黒姉っ」

二人の妹が、姉の加勢に来たのであった。

それを見て雑魚《ざこ》はもはや三姉妹に任せておけば大丈夫と判断した魂之介は、相場郷右衛門と対峙《たいじ》した。

正眼に構えた郷右衛門の全身から、闘気が噴出する。

魂之介はそれを見て、相手の力量を知った。

（わしと腕は互角……いや、それ以上ではないのか）

魂之介は唸《うな》った。

「お主《ぬし》、それほどの腕を持ちながら……策を弄《ろう》して衆を頼むか。なぜ、最初から一対一の勝負をしようとはせんのだ」

「百五十両で請《う》け負《お》った仕事だ。掻き集めた浪人たちに日当を払っても、俺の懐《ふところ》に半分は残る。潔《いさぎよ》く勝負して死んでは、なんにもならんからな」

郷右衛門は嗤った。武士の誇りも剣術者の矜持《きょうじ》も、全てを投げ捨てた本物の無頼漢なのである。

「――参るっ」

魂之介は、一気に間合を詰めた。

それを待っていたように、郷右衛門が諸手突《もろてづ》きをかけてくる。

魂之介は、それを右へ払った。しかし、郷右衛門はすぐに手首を返して、右の片手薙ぎで豪剣侍を胴斬りにしようとした。

素早く跳び退《さ》がった魂之介だが、相手が体勢を立て直すよりも早く前進し、

「えいっ」

あらゆる怒りをこめて、大上段から刀を振り下ろす。

郷右衛門は、その攻撃をかわしてから、魂之介を斬ろうとしたらしい。しかし、あまりにも剣に勢いがあって、かわしそこねた。

「ちっ」

とっさに郷右衛門は大刀を横にして、受けようとする。

が、その刀身を叩き割って、魂之介の大刀の峰は、郷右衛門の左肩にくいこんだ。

肩胛骨《けんこうこつ》と鎖骨《さこつ》だけではなく、肋骨《ろっこつ》までが微塵《みじん》に砕けた。相場郷右衛門は、意識を失ってしまう。

腕ではない。気魄で、魂之介は勝ったのだ。

「馬鹿め……その方が相討ち覚悟であれば、わしとて勝てなかったかも知れぬのに」

寂しそうに言った魂之介は、大刀を鞘《さや》に納めた。

秀《ひい》でた兵法者が薄汚い犯罪者に成り下がったのは、本人の資質なのか、それとも太平の世の中だからか。

（わしもお主も、戦国の世に生まれた方が幸せであったかも知れぬなあ……）

ほろ苦い感傷に浸る魂之介であった。

「お殿様っ」

浪人ども全員を戦闘不能にした甲賀三姉妹が、喜色満面で魂之介の方へ駆けてきた。


「ああ……お殿様ァ……」

「本当に巨《おお》きい……お珍々が巨きい……」

寝間に仁王立ちになった豪木魂之介の前に、黒百合と紅百合が跪《ひざまず》いて、茄子色の巨根に口唇奉仕をしていた。

黒百合は、玉袋に舌を這わせている。紅百合が、玉冠部の下のくびれを舌先で抉るように舐めていた。

魂之介の背後には白百合が跪いて、石臼のような魂之介の臀に顔を埋《うず》め、排泄《はいせつ》孔《こう》を舐めしゃぶっていた。さらに、舌先を丸めて深々と奥まで差し入れる。

四人とも、一糸《いっし》纏《まと》わぬ全裸であった。

道灌山の麓で乱戦があった翌日の夜——深川冬木町の豪木屋敷である。

魂之介が生きたまま相場郷右衛門を捕らえて、北町同心の津島徹次郎に引き渡したので、馬渡主膳と伊与の悪事は明るみに出た。

目付の配下が遠藤家の屋敷を急襲し、空井戸《からいど》から腰元の八重の亡骸《なきがら》を発見した。

主人の嫡子を毒殺しようとしたのだから、主膳と伊与が斬罪になることは間違いあるまい。

八重の亡骸は、無事に辻沢家に返されたという。これで間接的にだが、八重の仇討《あだう》ちはできたわけだ。

凶華三姉妹も本来ならば町奉行所に引き渡さねばならぬ重大犯罪者だが、魂之介が津島同心に交渉して、死客人をやめさせることを条件に身柄を預かることにした。

一通りの後始末が終わると、魂之介は、死客人を廃業することを誓った甲賀三姉妹と、改めて愛姦の宴《うたげ》を設けることにしたのだ。

「よし、よし。三人とも、そこに並んで這うがよい」

魂之介の命令で、三人の女忍は、いそいそと四ん這いになった。

真ん中が長姉の黒百合、右に次姉の紅百合、左が末っ子の白百合だ。

三人とも、生まれて初めての姉妹乱姦の興奮で、早くも花蜜を溢れさせている。

「さて、と」

黒百合の背後に片膝立ちになった魂之介は、隆々《りゅうりゅう》と聳《そび》え立つ巨根の先端を茜色《あかねいろ》の排泄孔にあてがう。

今宵は、三姉妹が後門の操《みさお》を魂之介に捧げる宴なのだ。

玉冠部の先で円を描くようにして、魂之介が、黒百合の後門を愛撫する。

「姉者……」

「黒姉ぇ……」

右側の紅百合が姉の耳朶《みみたぶ》を甘噛みし、左側の白百合が姉の首を舐めまわした。

やがて、巨根の摩擦で黒百合の後門括約筋《かつやくきん》がほぐれてきた。

「参るぞ、黒百合」

「ご存分に……」

健気に言った黒百合の排泄孔へ、魂之介は、体重をかけて豪根を侵入させる。

「ひゃァァァ……ァんっ！」

童顔の女忍は、甘い悲鳴を上げた。

魂之介の長大な男根は、その根元まで没入している。女壺と違って、後門には奥の院がないのだ。

底なしの暗黒の狭洞を、魂之介は犯した。

黒百合の肉体を傷つけないようにゆっくりと抽送《ちゅうそう》しながら、凄まじい締めつけを味わう。

そして、右手で紅百合の後門と花園を嬲《なぶ》り、左手で白百合の後門と花園を愛撫する。

「あひぃんっ、あひぃぃんっ……ひゃァんんっ……」

最強の姉が尋常でない乱れ方をするのを見て、紅百合も白百合も燃え上がってくる。肉の泉から湧き出す二人の愛汁は、内腿を濡らすほどであった。

（水野出羽……わしに殴られて少しは反省をしたかと思っていたが、救われぬ男よな。これからも奴は、わしの命を狙って刺客《しかく》を送ってくるに違いない）

少年のように童顔の黒百合の臀孔を犯しながらも、魂之介は胸の中で呟《つぶや》いていた。

（よかろう……その刺客どもを一人残らず打ち倒して、この大江戸豪剣侍が、正義がこの世にあることを見せてくれる！）

美女三姉妹の哭《な》き狂う甘声を聞きながら、固く心に誓う豪木魂之介であった。

番外篇　娘拳士《むすめけんし》、豪剣侍に遭《あ》う

一

「あっ、やめてぇっ」

その町娘は、いきなり握ってきた手を振り払った。

眉を剃《そ》り落としたごろつきは、にやにやと嗤《わら》いながら、

「そう邪険にするもんじゃねえ。おぼこ娘のようだから、俺たちが男の味を教えてやろうというのさ」

「そうとも、他人の親切は無下《むげ》にするもんじゃねえ」

「俺たちが、おめえの腰が抜けるまで可愛がってやるからよう」

色黒の仙太《せんた》と出歯の八助《やすけ》が、これも卑《いや》しげな顔つきで言った。

そこは金龍山浅草寺《きんりゅうざんせんそうじ》の前の大通り——真夏の昼下がりである。

眉無しの豊松《とよまつ》とこの二人は、浅草界隈《あさくさかいわい》でも悪名高いごろつきであった。

「厭《いや》っ、厭ですっ」
十七、八と見える可愛い町娘は、救いを求めるように周囲を見回したが、「相手が悪すぎる」とばかりに通行人たちは目をそらせてしまう。

「誰か……」

町娘が絶望的な表情になった時、

「──待ちな」

そう言って、三人の前に立ち塞《ふさ》がった者がいる。

「お？」

「何だ、てめえは」

それは、藍色《あいいろ》の半纏《はんてん》に臙脂《えんじ》色の木股《きまた》という男の格好をした娘だった。

女にしては背が高く、整った中性的な顔立ちで、胸には白い晒《さら》し布を巻いて黒い腹掛けを付けている。

「あたしの名は、光《みつ》という」

男装娘は名乗った。

「女のくせに男の形《なり》なんぞしやがって、どういうつもりだ」

猪首《いくび》の豊松が獰猛《どうもう》な顔を突き出すと、後ろに引いていたお光の右足が、大きく弧を描いて飛んだ。

豊松の左のこめかみに、男装娘の右足の甲が見事に激突する。

「がっ」

眉無し男は頭から横向きに倒れこみ、乾いた地面から土埃《つちぼこり》が上がった。

「てめえっ」

お光の右側にいた仙太が、あわてて懐《ふところ》から匕首《あいくち》を抜く。

が、それを構えるよりも早く、お光の右の横蹴りが、仙太の鳩尾《みぞおち》に叩きこまれた。

「げっ」

仙太は軀《からだ》を二つに折って、後方へよろめいた。

猛禽《もうきん》のように彼に飛びかかったお光は、垂直に振り下ろした右肘《みぎひじ》を、相手の脳天に叩きこむ。

「ぐひゃっ」

仙太は踏み潰《つぶ》された蛙《かえる》のような姿勢で、地面に倒れた。

「この阿魔《あま》、ぶっ殺すっ」

八助が軒先《のきさき》に立てかけてあった六尺棒を手に取り、真っ向から打ちかかる。

お光が風のようにそれを躱《かわ》したので、六尺棒の先端は地面を叩いた。

その瞬間、お光は六尺棒に飛び乗った。そして、高々と跳躍すると、左の膝を八助の顔面に撃ちこむ。

「ふがっ」

男装娘の全体重をかけた膝蹴りを受け八助の顔は、熟れすぎた柿のように潰れた。出歯も折れ飛んだ八助は、仰向《あおむ》けに倒れる。

「ふん……もう大丈夫だよ」

お光は、町娘に笑いかけた。が、町娘はお光の後方を見て、恐怖の表情になる。

「むっ」

右へ跳びながら、お光は振り向いた。

回し蹴りをくらって倒れたはずの眉無しの豊松が、後ろから彼女に匕首を突き立てようとしていたのである。

しかし、その右目に飛来した小石がぶつかった。豊松は悲鳴をあげて、匕首を落とす。

「く、くそっ……覚えてやがれっ」

右目を手で押えて、豊松は逃げ出した。倒れていた仙太と八助も、這《は》うようにして逃走する。

「誰だ、余計な真似をしたのはっ」

お光は、きっと町娘の斜め後方を睨《にら》みつけた。小石は、その方向から飛んで来たのである。

「——わしだ」

野次馬の後ろから出てきたのは、黒い着流し姿の立派な体格の侍だった。年齢は三十半ばで、男らしい顔立ちをしている。

「通りすがりの者だが、名は豪木《ごうき》魂之介《たまのすけ》という。そなたに助勢したつもりだったが、余計な真似であったかな」

「当たり前だ。あたしが、あんな奴に刺されるもんか」

「それは済まなかった」魂之介は苦笑して、

「ごろつきを退治したのは見事な手際だったが、見たことのない武術じゃ。何流かな」

「へん、異国の武術さ」

お光は得意そうに言う。

「シャム拳法だ。日の本でも、これを習得してるのは三人といないよ」

「ほほう……シャムというと、天竺《てんじく》の近くにあるという国だな。今は交易がないはずだが」

「そ、そんなこと、どうだっていいだろっ」

お光は、礼を言いたそうな様子の町娘と魂之介に背を向けて、足早に歩き去った。

二

（シャム拳法とか余計なこと言っちゃったな……何とか流柔術とか適当な名前を考えておけば良かった）

その夜――夜具の中で、お光は後悔していた。

日本橋の老舗《しにせ》の道具屋〈宝屋《たからや》〉、その母屋《おもや》の一室である。

十八歳のお光は、この店の娘であった。上に、四歳違いの兄で跡取り息子の小《こ》太郎《たろう》がいる。

名の通った店の娘が、男の格好でごろつきを相手に大道で立ち回りをするのはおかしいが、これには理由があった。

五年前の春――十三歳のお光が庭の木に登って遊んでいると、父親の小左衛門《こざえもん》が客を連れて座敷に入ってきた。それは潮風焼けした中年の男で、翡翠《ひすい》の細工物を売りに来たのである。

道具屋だから異国の品々が持ちこまれるのはよくあることだが、それが抜け荷《ぬに》――密輸品でないことを確認しないといけない。

なので、その翡翠細工の来歴を聞くために、小左衛門は客を座敷に連れてきたのだった。

「お光、またお転婆《てんば》か。お客様の前で、はしたない。早く降りなさい」

そう叱られたお光は、七尺ほどの高さから、ぱっと飛び降りた。そして、客にぺこりと頭を下げてから、裏木戸から外へ出たのである。

路地から表通りに出たお光が、何か面白い物売りでも来ないかと眺めていると、しばらくして、商談を終えた例の客が店を出てきた。

「お前さん、お光さんと言ったね」

「そうだけど……」

お光は、相手の頭から爪先まで、じろじろと見つめる。

「警戒しなくてもいい。俺は、左平次《さへいじ》という船乗りだ」

左平次は穏やかな口調で、

「さっきの飛び降りは見事だったな」

「木から降りるのに、見事も何もないわよ」

「いや、それは違う。体の柔らかさと俊敏さは天性のもので、これは修業で身につくものではない。お前さん、ひょっとして——柔術とか習いたいのじゃないか」

「ふ、ふ」お光は思わず笑った。

「女の子が柔術道場に入門なんかしたら、お嫁の貰い手がなくなるって、父さんに叱られたわ。男勝りのお転婆と言われるけど、あたし、お茶やお花なんかの稽古事は、あんまり好きじゃなくて」

「そうか、そうだろうな……ところで、この辺に空き地はあるかい」

「そこの三軒先の路地の奥に、前に小火《ぼや》を出して取り壊された家があるけど」

「じゃあ、そこまで付き合ってくれ」

その空き地に行くと、左平次は、焼け残った栗の木の前に立った。

「見てなよ」

いきなり五尺ほど飛び上がると、左平次は空中で栗の幹に右の回し蹴りを繰り出し、続けて左の回し蹴りを放った。さらに、とんっと右の前蹴りで幹を蹴りつけると、くるりと一回転して地上に降り立ったのである。

「どうだね。これは、海の向こうのシャムという南国に伝わる拳法——シャム拳法だ。お前さんに、これを教えてあげようか」

「本当？　本当に教えてくれる？」

目を丸くして左平次の妙技を見ていたお光は、嬉しそうに言った。

「本当だとも。明日の今頃、ここへ来なさい。ただし、女の姿では足技を修業するのに具合が悪いから、男物の川並《かわなみ》を用意してな――」

こうして、二十日ほどの間、お光は左平次からシャム拳法の基本を伝授されたのである。

「実は、俺は若い時に、ご法度《はっと》の抜け荷船に乗って、シャムやルソンまで行ったことがある。そこで、土地の人間にこのシャム拳法を習ったんだ。誰かに伝えたかったが、なかなか素質のある奴が見つからない。ようやく、お前さんという者が見つかって、俺は嬉しかったよ」

そう説明した左平次は、表情を引き締めて、

「実は俺は、事情があって昔の仲間に追われている身だ。思いもかけず、二十日も江戸に長居したが、もう身を隠さなきゃいけない。一、二年したら、また江戸へ来てみるから、その時に、修業の続きをやろうな」

それから五年たったが――左平次が再びお光の前に姿を見せることはなかった。まだ逃亡中なのかも知れないし、ひょっとしたら仲間に見つかり、殺されてしま

ったのかも知れない。

だが、お光は「お前にシャム拳法を教えるのは、女として身を守るため。そして、この武術を正しいことに使って貰うためだ」という左平次の言葉を忘れなかった。だから、お光は一人になっても修業を続けた。

そして、動きやすい半纏と木股の格好になって、お光は賑やかな場所をまわり、弱い者いじめをしている悪い奴をやっつけていたのである。そんなお光の奇嬌《ききょう》な行動を止めるのを、父親の小左衛門は諦《あきら》めているようだ。

今まで、お光は誰にも負けたことはない。だが――今日は、蹴り倒したはずの奴に背後から刺されそうになった。昔から、猪首の奴は喧嘩に強いと言われている。首が太いので、蹴りの効果が軽減されてしまったのだろう。

それに、いつの間にか、お光は慢心していたのかも知れない。

(あの侍……さも、偉そうに)

そんな風に考えながらも、お光は豪木魂之介の男性的な顔を思い浮かべながら、きゅーっと内腿《うちもも》を絞ってしまう。そうすると、木股が秘処《ひめどころ》の割れ目にくいこんで、腰のあたりが甘くじーんとしてくるのだ。

(今日のあたしは、おかしい。もう寝よう……)

十八歳の生娘は、そっと溜息《ためいき》をつくのだった。

三

翌日の午後――お光の姿は、本所《ほんじよ》の国豊山回向院《こくほうざんえこういん》前の掛け茶屋にあった。

江戸には多くの神社仏閣があり、毎日、大勢の参拝客が訪れる。だから、悪い奴らもやって来るし、事件も起こりやすい。

なので、お光は寺社をまわって、悪党退治をしているのだった。

縁台に座り茶を飲みながら、お光は、回向院の表門を眺めている。

(昨日はそもそも、後ろの殺気に気づかないのが未熟だった……あたしは、まだまだ修行が足りないなあ)

そんなことを考えていると、

「お？」

手代風の若者が、二人の男に挟まれて回向院から出て来た。

よく見ると、右側の奴は若者の袂《たもと》を、左側の奴は帯の後ろを摑《つか》んでいる。逃げられないように、だろう。その二人は、堅気には見えなかった。

「ここに置くよ」

茶代を縁台の上に置いて、お光はさりげなく立ち上がった。

少し距離を置いて三人を尾行すると、彼らは回向院の裏手に広がる雑木林の中へ入って行く。お光も、林の中へ踏みこんだ。

林の中にある十坪ほどの空き地で、二人のごろつきは、手代風の若者を突き飛ばす。ここは、木々に阻《はば》まれて、通りからは全く見えない場所だ。

「な、何をするんですか」

若者が怯《おび》えた顔で言うと、二人は懐の匕首を抜いた。

「恨《うら》みも何もないが、お前には死んで貰うぜ」

「おめえに生きていられちゃ、都合が悪い御方《おかた》がいるんだよ」

二人は、匕首を腰だめにする。

「そんな馬鹿な……助けてくださいっ」

若者が悲鳴に近い叫びを上げた時、お光は飛び出した。

「やめろ、人殺しは許さないよっ」

すると、二人のごろつきは、笑いながら匕首を納めたではないか。

「え……」

ふと振り向くと、手代風の若者の姿がない。

そして、茂みの向こうから、右目に黒い眼帯を付けた豊松が出てきた。痩せた浪人者と一緒である。

「おめえら、ご苦労だったな。もう、いいぜ」

豊松がそう言うと、二人のごろつきは「へい」と頭を下げて、去る。

「罠《わな》だったのか……」

お光は、悔しそうに歯がみした。

「そうとも」と豊松。

「人助けが大好きなおめえを誘き出して、ここまで来てもらったのよ。仙太も八助も動けない有様だし、俺の片目もこの通りだ。てめえを生かしておくと、俺は浅草をでかい面《つら》で歩けなくなる」

それから、豊松は浪人者の方を見て、

「稲葉《いなば》の旦那。これが、例の跳《は》ねっ返《かえ》り娘でさあ」

「たった十両で無腰《むごし》の娘を斬っても、この稲葉蓮次郎《れんじろう》の自慢にはならんな」

「いやいや、丸腰でも天狗《てんぐ》様みてえに強い娘なんで」

「本当か」

無造作に近づいてきた稲葉浪人は、さっと抜き打ちを仕掛けた。

「うっ」

お光は跳躍して刃《やいば》を躱した――つもりだったが、半纏と腹掛けの胸元が斜めに斬られている。

「ほほう、こいつは面白い」

稲葉浪人の両眼が、陰惨な殺気を帯びた。

「おい、娘。妙な武術を遣《つか》うそうだな。俺の剣をどこまで防げるか、やってみせろ」

「む、むむ……」

お光は焦《あせ》った。この稲葉浪人は、彼女が今までに出遭ったことのない本物の人斬り屋であった。その殺気が、見えない石の壁のようにお光に押し寄せて来る。

シャム拳法の蹴りも突きも、その間合に入ることが出来ない。近づいた瞬間に、斬られてしまうだろう。

（ここで……あたしは死ぬのか）

お光は腹の底から恐怖がこみあげて来て、背中に冷や汗が噴き出し、腹筋が勝手に痙攣《けいれん》するのを止めることが出来なかった。

（まだ、恋も知らないのに……）

稲葉浪人は唇を歪《ゆが》めて、

「覚悟は決まったか。では、冥土《めいど》へ送ってやろう――」

一歩前に踏み出した時、

「待て」

静かに制止した者があった。

「何奴《なにやつ》っ」

振り向くと、そこに黒い着流しの偉丈夫《いじょうふ》の姿がある。

「姓は豪木、名は魂之介。武士の魂である剣を振るって毒虫退治をする、人呼んで大江戸豪剣侍とは、わしのことだ」

「ああ……」

豪木魂之介の姿を見た瞬間、お光は恐怖が消し飛び、全身が喜びと感動に震えるのを感じた。

「ふうむ」稲葉浪人は相手を睨みつけて、

「貧乏人どもから〈仙台堀《せんだいぼり》の御前〉とか呼ばれて煽《おだ》てられてる偽善者は、貴様か」

「偽善者でも、人斬りを生業《なりわい》とする狂犬よりはましであろう」

「狂犬と言ったか、許さぬっ」

激怒した稲葉浪人は、魂之介に斬りかかった。

次の瞬間、その右腕が剣を摑んだまま、血の緒《お》をひいて二間《にけん》ほど吹っ飛ぶ。

魂之介が抜き打ちで、右肩から切断したのであった。

「わわっ」

逃げ腰になった豊松に、つかつかと近づくと、魂之介は大刀の峰を頭頂部に振り下ろす。

「ぐはっ」

白目を剝《む》いて、豊松はひっくり返った。

「さて――」

納刀した魂之介は、お光の方を向いて、

「毒虫退治は終わった。お光、参るぞ」

そう言って、血を流しながら呻《うめ》いてる稲葉浪人と気を失った豊松には目もくれずに、魂之介は通りの方へ歩き出す。

四

「まあ、そなたが無事で何より」

手酌《てじやく》で飲みながら、豪木魂之介は言った。

そこは元町《もとまち》の料理茶屋の座敷で、お光は魂之介と対している。

半纏と腹掛けを斬られたままでは宝屋へ帰れないので、今、お峰《みね》が古着屋へ着替えを買いに行っている。

お峰というのは、昨日、お光に助けられた町娘の名だ。魂之介は、豊松たちが必ず仕返しに来ると見て、お峰を伴って遠くからお光を見守っていたのである。

「本当に、有り難うございました。昨日の分も含めて、豪木様にお礼を申し上げます」

両手をついて、お光は深々と頭を下げる。

「自分の未熟さもわきまえず、人助けなどしようとしたのは、あたしの思い上がりでございました」

「なんの。困っている者を助けようとする、そなたの志《こころざし》は尊《とうと》い。天は必ず、そなたの行いを見ておるぞ」

「豪木様……」

感激したお光は、シャム拳法を学んだ経緯を打ち明けた。

「なるほどのう。その左平次という者が、無事であれば良いな。生きていれば、いつか文《ふみ》が届くかも知れぬ。希望は捨てぬことだ」

「はい……あの」

「ん？」

「お酌をさせていただいても、よろしいですか」

「うむ」

お光は、いそいそと魂之介の脇へ膝行《しっこう》する。そして、頬を赧《あか》らめながら、銚子を傾けた。

魂之介のその盃《さかずき》を干すと、

「あたしも、いただけますか」

「そなた、飲めるのか」

「たぶん……」

「では、注いでやろう」

盃をお光に渡して、魂之介は酌をしてやった。お光は、きゅっと盃を一気にあおって、

「豪木様、あたし……」

それから先は言葉にならず、盃を膳に戻して、お光は男の胸に顔を埋《うず》めた。

「よしよし」

魂之介は優しく言って、お光の顔を上向かせ、接吻した。

それだけで、お光は、五体が甘く蕩《とろ》けたようになってしまう。

魂之介の手が、お光の半纏や腹掛けを脱がせて、胸の晒しも解いた。そして、臙脂色の木股も脱がせる。

逆三角形の恥毛に飾られた亀裂に、男の指が触れた。

「あァ……あ……」

思わず、喘《あえ》ぎ声が漏れた。自分で内腿を絞った時よりも何倍も強烈な感覚が、全裸のお光を襲う。

さらに、魂之介の唇と舌が、お光の秘部をまさぐった。

「そんな…駄目ぇ……」

自分でも驚くほどの甘え声で、お光は言う。指で愛撫されるより何十倍も強い

快感が、十八娘の背骨を突き抜けた。

やがて——熱くて硬いものが秘部に押しつけられる。

目で見なくても、それが男の肉根だということは、女の本能でわかった。ただ、想像していたよりも、かなり巨《おお》きい。

そして、その巨大な肉根が、一気に体内に侵入してきた。

「ひィ……っ!!」

激痛に、お光は仰《の》けぞった。とてつもない質量のものが、己《おの》れの内部を占領したことを感じる。

そこで、魂之介は腰の動きを止めて、

「痛い思いをさせて、済まなかったな」

お光の耳元に、優しく語りかけた。

「いえ、あたしは嬉しくて……魂之介様、もっと犯して。滅茶苦茶にしてくださいまし」

「よかろう」

魂之介は、腰の動きを再開した。巨根がお光の肉壺に突入し、後退する。濡れた粘膜と粘膜がこすれ合う、淫猥な音がした。

その摩擦によって、痛みよりも大きな快感が生じた。いや、その痛みまでもが快感に変《へん》じている。いつしか、お光は、両腕と両足を魂之介の軀に絡めていた。喉の奥から、喜悦の声が迸《ほとばし》る。

やがて、魂之介の肉根が身震いして、熱い何かが吐出された。快楽の頂点に駆け上ったお光は、背中を弓なりにそらせて、半ば気を失ってしまう。

しばらくしてから、魂之介が上体を起こして、始末紙を使った。

「あ……魂之介様」

あわてて、お光は身を起こして、

「浄《きよ》めさせてくださいまし」

前に、年増《としま》の女中に「お嬢さん。女は唇と舌で男の後始末をするのですよ」と教えられたことがある。

半勃《はんだ》ち状態の肉根を目にして、お光は唇を寄せた。咥《くわ》える。

雄汁と破瓜《はか》の血にまみれた男根を、お光はしゃぶった。濃厚なにおいである。

懸命にしゃぶっていると、肉根が甦《よみがえ》って来た。天狗面の鼻のように反《そ》りを打って、赤黒く脈動している。丸々と膨れ上がった先端部は、柿の実のようだ。

「魂之介様、もう一度、抱いて」

「では、今度はそなたが上になるのだ」

魂之介は仰向けになった。大胆にもその腰を跨いで、お光は女上位で貫かれる。

魂之介が腰を動かすと、先ほどの本手《ほんて》――正常位の時とは違う部分が、巨根で摩擦されるのを感じた。

その時、そっとお峰が座敷に入ってきた。古着を買って帰り、すでに隣の間で全裸になったお峰は、昨日、魂之介に女にされ、何度も抱かれて官能の味を知っている。

「お光さん。昨日のお礼に、ご奉仕させていただきます」

お峰は、お光の丸い臀《しり》に顔を埋めて、その舌先で後門を舐める。

同性に臀の孔《あな》を舐められながら、お光は今、自分が恋をしていることに気づいた。

愛《いと》しい魂之介の巨根に貫かれて、娘拳士は、虹色の光の渦《うず》の中に溶けこんでいくのだった。

あとがき

本作品は、かつて廣済堂出版から刊行された『大江戸巨魂侍《きよこんざむらい》』シリーズの第一巻に加筆修正をして、書下ろしの番外篇を収録したものです。

新たに文庫化されたのを機会に、主人公の名前を〈巨城魂之介《おおしろ》〉から、読みやすく〈豪木《ごうき》魂之介〉として、それに合わせてタイトルも変更しました。

年配の読者ならおわかりになると思いますが、この作品は、市川右太衛門《いちかわうたえもん》の代表作『旗本退屈男』シリーズへのオマージュです。

私が東映の『退屈男』を初めて見たのは中学生の頃の深夜番組で、一九六一年の『旗本退屈男／謎の七色御殿』でした。悪役が『十三人の刺客』で非道な大名を演じる前の管貫太郎《すがかんたろう》、大悪が月形龍之介《つきがたりゆうのすけ》という傑作です。

テレビで平幹二朗《ひらみきじろう》や高橋英樹《たかはしひでき》、そして北大路欣也《きたおおじきんや》が早乙女《さおとめ》主水之介《もんどのすけ》を演じて、それなりに味があるのですが、やはり主水之介のスタイルを作り上げた右太衛門さんを凌《しの》ぐことは、無理なようですね。

佐々木味津三《ささきみつぞう》の原作小説では詳細がわからない〈諸羽流青眼崩し《もろはりゅうせいがんくずし》〉も、右太衛門さんが「左八双《はっそう》から逆足で」と決めたものです。

これを真似て、私も〈みだれ八双《はっそう》〉という決め技を考えてみました。

現在、コスミック文庫で刊行している私の代表作『若殿はつらいよ』は、本作と同じく十一代将軍家斎《いえなり》の文化文政期《ぶんかぶんせい》が舞台です。

ただし、両作品に登場する家斎は、同一人物ではありません。

その違いも、フィクションとしてお楽しみいただければ――と思います。

それと、番外篇の『娘拳士《むすめけんし》、豪剣侍に遭《あ》う』ですが――ちょっと趣向を変えてみました。

私の作品は、今までは主人公の男性側の視点から濡れ場を描いていました。それが、この短編では、初めてヒロイン側の視点から濡れ場を描写しています。

以前、アメリカの女性探偵ドラマ『ハニーにおまかせ』を下敷きにして、白い鴉《からす》を相棒にしてシャム拳法を遣うお助け屋の娘を主人公にした『お蜜《みつ》におまかせ』という企画を提出したのですが、残念ながら採用されませんでした。

その設定の一部を、ゲストヒロインのお光に活かしています。

さて、次の刊行は六月に『若殿はつらいよ』の第二十一巻『江戸城凶宴（仮題）』となる予定ですので、よろしくお願い致します。

二〇二五年三月

鳴海　丈

参考資料

『三方ヶ原の戦い』小和田哲男（学習研究社）
『徳川将軍家の結婚』山本博文（文藝春秋）
『江戸の知られざる風俗』渡辺信一郎（筑摩書房）
『徳川将軍列伝』北島正元・編（秋田書店）
その他

コスミック・時代文庫

大江戸豪剣侍

2025年4月25日　初版発行
2025年7月 9 日　2刷発行

【著 者】
鳴海《なるみ》　丈《たけし》

【発行者】
松岡太朗

【発 行】
株式会社コスミック出版
〒154-0002 東京都世田谷区下馬 6-15-4
代表　TEL.03(5432)7081
営業　TEL.03(5432)7084
FAX.03(5432)7088
編集　TEL.03(5432)7086
FAX.03(5432)7090

【ホームページ】
https://www.cosmicpub.com/

【振替口座】
00110 - 8 - 611382

【印刷／製本】
中央精版印刷株式会社

ISBN978-4-7747-6641-6 C0193